KB137655

# 실수연발의 희극

한국셰익스피어학회 작품총서 035

# 실수연발의 희극

## The Comedy of Errors

윌리엄 셰익스피어 지음
이보라 옮김

도서출판 동인

# 발간사

지금까지 셰익스피어 작품에 대한 번역은 끊임없이 다양한 동기에 의해 진행되어 왔다. 초창기 셰익스피어 작품 번역은 일본어 번역을 우리말로 옮기는 작업이었다. 일본이 서구에 대한 수용을 활발한 번역을 통해서 시도하였기 때문에 일본어를 공부한 한국 학자들이 번역을 하는데 용이했던 까닭이었다. 하지만 이 경우는 문학적인 차원에서 서구 문학의 상징적 존재인 셰익스피어를 문학적으로 소개하는 것이 목적이어서 문어체를 바탕으로 문장의 내포된 의미를 부연하게 되어 매우 복잡하고 부자연스러운 번역이 주조를 이루었던 것이 문제가 되었다.

그 다음 세대로서 영어에 능숙한 학자들이나 번역가들이 셰익스피어 번역에 참여하게 되었다. 셰익스피어 작품에 대한 수많은 주(note)를 참조하여 문학적 이해와 해석을 곁들인 번역은 작품의 깊이를 파악하는데 많은 도움이 되었다고 볼 수 있다. 하지만 셰익스피어 작품을 무대에 올리는 배우들에게는 또 다른 문제가 생길 수밖에 없었다. 문학적 해석을 번역에 수용하는 문장은 구어체적인 생동감을 느낄 수 없었고, 호흡이 너무 길어 배우가 대사로 처리하기에 부적합하였다.

이런 문제점을 해결하기 위해서 번역가마다 각자 특별한 효과를 내도록 원서에서 느낄 수 있는 운율적 실험을 실시하기도 하였다. 그런 시도는 셰익스피어 번역에 새로운 분위기를 자아내었을 뿐 아니라 다양한 번역이 이루어져 나름의 의미가 있었다고 본다. 반면에 우리말을 영어식의 운율에 맞추는 식의 인위적 효과를 위해서 실험하는 것은 배우들이 대사 처리하기에 또 다른 부자연성을 느끼게 하였다.

한국에서 셰익스피어를 연구하는 학자들이 모이는 한국셰익스피어학회에서 셰익스피어 탄생 450주년을 기념하여 셰익스피어 전작에 대한 새로운 번역을 시도하기로 하였다. 우선 이번 번역은 셰익스피어 원서를 수준 높게 이해하는 학자들이 배우들의 무대 언어에 알맞은 번역을 한다는 점에서 차별성을 두고자 한다. 또한 신세대 학자들이 대거 참여하여 우리말을 현대적 감각에 맞게 구사하여 번역을 하자는 원칙을 정하였다.

시대가 바뀔 때마다 독자들의 언어가 달라지고 이에 부응하는 번역이 나와야 한다고 본다. 무대 위의 배우들과 현대 독자들의 언어감각에 맞는 번역이란 두 마리 토끼를 잡는 것은 그리 쉬운 일은 아니지만 매우 의미 있는 일일 것이다. 이번 한국 셰익스피어 학회가 공인하는 셰익스피어 전작 번역이 성공적으로 이루어지도록 뒷받침하는 도서출판 동인의 이성모 사장에게 심심한 감사의 뜻을 전하며 인문학의 부재의 시대에 새로운 인문학의 부활을 이루어내는 계기가 되리라 믿는다.

2014년 3월

한국셰익스피어학회 17대 회장 박정근

# 옮긴이의 글

셰익스피어(1564-1616)의 주옥같은 작품 『실수연발의 희극』(*The Comedy of Errors*)을 우리말로 옮겨 소개한다. 그동안 다른 번역이 있었지만, 한국셰익스피어학회의 재번역사업의 일환으로 새로 번역된 것이다. 번역을 위해서 여러 가지가 고려될 수 있으나 본 역자가 중요시 여기는 것은, 오역이냐 직역이냐의 문제가 아니고, 본 작품의 공연을 염두에 둔 점이다. 우선 영어와 우리말의 차이에서 오는 어순이나 관계대명사로 수식되는 주어가 긴 것의 처리에 약간의 어려움이 있었다. 그런 경우 우리말에 적합하게 원전과 약간 다르게 처리하였다. 그리고 영어의 표현은 자연스러우나 우리말로 옮겼을 때 자연스럽게 전달이 되지 않는 경우는 우리말식으로 표현을 바꾸기도 하였다. 『실수연발의 희극』의 번역에 사용된 원문은 인터넷 텍스트이며 이것을 노튼 판 행수에 맞추었다. 작품설명은 여러 전집과 서적에 수록된 해설들을 두루 참고하여 작성하였다.

사실 이 작품은 초기작으로 셰익스피어의 작품 중에서 상당히 소홀히 다루어져 왔던 작품이지만, 실상 이 작품은 셰익스피어만이 할 수 있는 재치 있는 언어 구사가 정말 압권이다. 말로써 사람을 웃기는 부분은 번역에 어려움이 있었다. 번역을 하면, 기지에 찬 영어의 이중적 의미가 사라지기 때문이다. 이런 때는 사족을 달아서 웃음을 자아내는 부분을 살리려고 노력하였다. 이 번역에서, 주로 이 부분에 한정하여 주를 달았다.

이 번역이 공연에 사용되길 기대한다. 그러나 본 번역이 다른 번역들과 혼용되어 사용되는 것을 경계하며, 만약 본 번역이 쓰인다면, 다른 번역은 함께 사용되지 않았으면 한다. 설령 오역이라고 판단이 되더라도 본 번역에는 본 번역만이 가진 논리와 언어의 흐름이 있기 때문이다. 물론 사용하시는 분들이 역자와 상의하여 어떤 부분에 대하여 수정을 가하는 것은, 역자가 추후 개정판을 낼 때 많은 참고가 될 것 같다.

연극은 당대의 사람들을 위해서 쓰이는 것이기 때문에 후대 사람들이 읽으면 좀 곤란해지는 부분도 있을 수 있는데, 시라큐스의 안티폴루스와 그의 하인 시라큐스의 드로미오가 부엌데기(식모) 넬에 대해 한 농담은, 오늘날 이런 극을 썼다면 문제를 야기할 수도 있는 부분이다. 그러나 작품은 작품일 뿐이니 이것을 문제 삼는 사람은 없을 것이다. 그리고 아드리아나와 루시아나의 대화에서도 극명히 다른, 여성의 남성관이 나타난다. 셰익스피어는 어떤 생각을 하는 것일까? 무척 궁금하다. 또한, 이 극의 상황 설정이 정말 치밀하여 모든 의문을 끝까지 하나하나 풀어가면서 매번 재치 있게 청중을 웃기는 작가의 재능은 역자의 감탄을 자아낸다. 마지막 수녀원장의 고백은 거의 눈물을 자아내지만, 셰익스피어는 감상적인 말은 생략하면서 극을 끝낸다(낭만적인 말과는 다르게 느껴진다). 이 극이 희극이기 때문에 더욱 그렇게 끝내는 것이 타당한 것 같다. 독자들이 이 새롭게 번역된 작품을 웃으면서 읽기 바란다.

2017년 1월

제주대학교 영어영문학과 조교수, 역자 이보라

| 차례 |

## 등장인물

시라큐스 안티폴루스
에페수스 안티폴루스
시라큐스 드로미오와 에페수스 드로미오
아드리아나
루시아나
에지온
수녀원장
솔리누스 공작
발타자
안젤로
상인
두 번째 상인
핀치 박사
넬
술집여주인

# 1막

# 1장

공작, 에지온, 간수(집행인), 기타 하인들 등장.

**에지온** 솔리누스, 계속해서 나의 몰락에 대해서 말해보시오.
그래서 내게 사형을 내려서 고통을 끝내달라고.

**공작** 시라큐스의 상인이여, 조용히 하시오.
나는 법을 어길 수 없소.
5 우리 두 도시 사이의 증오와 불화는,
우리 선량한 동포 에페수스 상인들에 대해
그대 공작이 저지른 쓰디쓴 죗값이오.
몸값이 없어, 엄격한 당신 공작의 법에 따라
이 상인들이 처형되었을 뿐이오.
10 그래서 내 얼굴에서
자비의 빛이 사라진 것이오.
당신 나라의 무자비한 사람들과
우리 시민들 사이에서
터진 이 분쟁 이후로, 당신 시라큐스 사람들과
15 우리 에페수스 사람들이 모여 회의를 하고
두 도시 사이의 무역을 금하였소.
교역은 허용되지 않으며, 더 나아가서
에페수스에서 태어난 사람이나

시라큐스에 태어난 사람이 서로의 시장에 나타나면,
죽음을 면하기 어렵고, 20
그의 소지품들은 공작이 빼앗고,
벌금이나 몸값으로 1천 마르크를 지불하지 않으면
목숨을 잃게 되어 있소. 당신의 소지품은,
아무리 후하게 쳐도, 1백 마르크도 못 되니,
법에 따라 당신은 처형될 것이오. 25

**에지온** 적어도 한 가지 위안은 있소.
말이 끝나면,
내 고통도 해가 지면 끝난다는 것이오.

**솔리노스 공작** 시라큐스 인이여, 간단히 말해보시오.
왜, 고향을 떠나 이곳에 왔소? 30

**에지온** 내가 말할 수 없는 슬픔을 말하라고 하는 것은,
극심한 고통이오. 그래도 말하리다.
나에게 이런 운명을 가져다준 것은
가장 자연스런 감정이었지,
법을 어긴 것이 아니라는 것을 35
세상이 알도록 말하리다.
내 슬픔이 허용하는 한,
무엇이건 말하지요.
나는 시라큐스에서 태어나서
한 여인과 결혼했소. 40
나에게 결혼했다는 것 외에는

다복한 여인이었지.
그러나 운이 없지만 않았어도
나는 그녀를 행복하게 해줄 수 있었을 것이오.
45 나는 그녀와 행복하게 살았고,
무역으로 우리 재산도 늘었었지.
나는 에피담눈에 자주 갔소.
그런데 내 대리인이 죽었고
이제 해외에 관리를 기다리는 내 물건들을
50 살펴야 하기 때문에
사랑하는 부인의 품에서 떠난 것이오.
내가 떠난 지 6개월째 될 때,
임신의 고통으로 거의 실신 상태인
내 부인이 나를 따라 오겠다고 통지가 왔소.
55 그리고 내가 있는 곳으로
부인은 안전하게 도착했다오.
도착하자 바로 두 쌍둥이의 엄마가 되었소.
이상하게도 두 아이는 너무 닮아
이름을 불렀을 때만 알아볼 수 있었소.
60 같은 시간에 같은 여인숙에 한 가난한 여인이
쌍둥이를 낳았소. 부모들이 너무 가난하여
내가 그 두 소년을 사서 길러서
내 아이들의 종으로 삼았지요.
내 부인은 내 두 아이를 자랑스럽게 여겼지만,

매일 집에 돌아가자고 보채었소. 65
마지못해 나는 그러자고 했는데,
아뿔싸, 너무 빨리 배를 탔던 것이오.
3마일가량 에피담눔에서 바다로 나오자,
바람에 따라 움직이는 바다가
위험한 지경이 되었소. 70
곧 회항할 생각이었지만, 하늘이 너무 어두워져
곧 죽게 될 것을 직감했다오.
나는 자포자기였지만, 부인은 앞으로 일어날 것을
예감하고 계속 울어대고,
귀여운 아기들도 칭얼대고 하여, 75
우리를 구할 수 있는 방법을 찾았소.
선원들이 우리들이 배와 함께 가라앉게 둔 채
구명정으로 피신 한 후에, 내가 할 수 있는 것을 했소.
두 아이 중 동생을 더 걱정해서,
선원들이 이런 때 사용하는 마스트에 80
그 아이를 묶었소.
그녀는 두 하인 아이 중 하나를
동생과 함께 묶었소.
다른 두 아들도 같은 방법으로 묶었다오.
아이들을 묶은 다음, 우리 부부는 85
그 마스트의 다른 끝에 우리 자신들을 묶고,
조류에 떠내려갔소. 조류는 우리 생각에

코린스로 나르는 것으로 여겼지요.
마침내 해가, 땅에 내려 쪼이면서,
90 나머지 폭풍 구름을 녹였소. 태양 빛의 힘으로
바다는 잠잠해졌다오. 우리는
우리를 향해서 오는 배 두 척을 보았는데,
하나는 코린스에서, 다른 하나는 에피도루스에서 왔소.
그러나 그들이 도착하기 전에 ... 이제 그만 말하지요.
95 나머지는 지금 일어났던 사건들로 상상하는 대로입니다.

**공작** 그렇게 멈추지 말고, 계속 말해보시오. 용서를 할 수 없어도
동정은 가오.

**에지온** 우리에게 신들의 자비가 있다면, 나는 여기서 그들을
무자비하다고 하지 않겠소.
100 그 두 배가 30마일쯤에도 미치지 못했을 때
우리 배가 암초에 부딪혀서 배가 두 동강이 났소.
우리는 잔인하게 서로 헤어졌는데,
그래도 우리 부부는 기뻐할 일과 슬퍼할 일을 만났소.
그녀는 가련하게도, 그 마스트의 한쪽은 더 가벼웠고,
105 나보다 더 다행스럽지는 못했던 게, 바람이 그녀를
더 빨리 흘러가게 한 것이오.
나는 그들이 코린스에서 온 배에 구조되는 것을
보았던 것 같소. 좀 더 있다가,
다른 배가 나와 다른 두 아이를 구했었고
110 나는 그 두 아이와 함께 있었다오.

선원들은 나를 알아보았고,
우리를 잘 보살펴주었소.
우리 배가 다른 배를 쫓아가서 내 아내와
아이들을 찾을 수도 있었을 터인데, 그런데
우리 배는 느리고 그 배는 115
빠르게 고향으로 돌아갔소.
이제 내가 어떻게 내가 사랑하는
모든 것과 헤어졌는지
들었소. 내 불행한 과거를 털어놓을 만큼
이제 내가 너무 오래 산 것은 불행한 일이오. 120

**공작** 당신이 슬퍼하는 사람들을 위해서 내게 말해보시오.
당신과 그들에게, 지금까지, 일어났던 것을
모두 이야기해 보시오.

**에지온** 내가 가장 사랑하는 나의 막내는 18세가 되었고
쌍둥이 형에게 무슨 일이 있었는지 궁금하기 시작했소. 125
그는 나에게, 이름은 알고 있지만
형을 잃어버린 소년을 종으로 삼고
함께, 형을 찾으러 가게 해달라고 했소.
나도 내 잃어버린 아들이 보고 싶어서,
다른 아들을 찾기 위해서 내가 130
사랑하는 아들을 잃어버릴 위험을 감행한 것이오.
나는 그리스 방방곡곡을 5년간 헤매고 아시아
전역을 훑었다오.

고향 가는 길에 에페수스에 도착한 것이오.
135 여기서 내 아들을 찾을 희망은 없지만,
사람들이 사는 곳은 모두 확인할 것이오.
그러나 그게 내 이야기의 끝이 되는 것이라오.
이런 여행 끝에 그들이 살아있다는 것만 알아도
행복하게 죽을 수 있소.

140 **공작** 불쌍한 에지온! 운명이 극도의
불행을 겪도록 했군요.
만약, 내 법만 어기지 않았어도,
내 권한, 내 의무, (왕자들조차 인정하는) 내 지위,
그리고 내 영혼까지
145 그대의 일을 변호했을 것이오.
그러나 당신은 사형에 처해졌고,
이미 내려진 사형을 번복하는 것은
내 명예를 손상하는 일이 됩니다.
그러나, 내가 당신을 위해 할 수 있는 것을 해보겠소.
150 나는 그대가 하루 동안 에페수스에서
도움을 청하도록 하겠소.
친구들을 불러 모으시오.
몸값을 구걸하든 빌려보시오.
할 수 있다면 살 것이요, 할 수 없다면
155 죽게 될 것이오. 그를 감옥에 넣으시오.

**간수** 주인님, 네.

**에지온** 희망도 없고 도움의 손길도 없으니, 나는 나의 길을 가리다.
내 운명의 끝만 지연시킬 뿐이오.

그들이 퇴장한다.

## 2장

시라큐스 안티폴루스, 시라큐스 드로미오, 첫 번째 상인 등장.

**첫 번째 상인** 그러니, 사람들에게 당신이
에피담눔에서 왔다고 하시오 —
아니면 모든 소지품을 다 빼앗길 것이오.
오늘만, 시라큐스 상인이 여기에 온 것 때문에
5 체포되었소. 그는 몸값을 낼 수 없으니,
법에 따라, 해가 지면 처형될 것이오.
내게 부탁한 돈 여기 있소.

8 **시라큐스 안티폴루스** 드로미오, 이 돈을 우리가 투숙한
센토 여인숙에 가져가서,
내 올 때까지 기다리시오.
한 시간 있으면 점심시간이오.
그때까지, 시내를 한 바퀴 돌고,
시장을 훑고, 건물을 보고, 돌아가서
여인숙에서 한잠 자야겠소.
15 이 여행으로 온몸이 긴장되고 피곤하오.
어서 가시오.

17 **시라큐스 드로미오** 많은 이들이 당신을 곧이곧대로 받아들이고
이 돈을 몽땅 가지고 날랐을 것이오.

시라큐스 드로미오 퇴장.

**시라큐스 안티폴루스** 믿을만한 놈이야. 종종 걱정, 근심 때문에 19

내가 무디어지면, 내 마음을 농으로

가볍게 하지. 이봐요,

나와 같이 시내 한 바퀴 돌고,

나와 하숙집에서 점심 먹을 거요?

**첫 번째 상인** 죄송하지만, 저는 이윤을 24

볼 수 있는 다른 상인들을 25

보기로 되어 있어서요.

그렇지만, 5시에 시장에서 뵙고

취침 전까지 모실게요. 지금은,

제 일 때문에 실례합니다. 29

**시라큐스 안티폴루스** 그때까지 안녕. 30

나는 도시 전체를 한번 둘러봐야지.

**첫 번째 상인** 네, 32

좋으실 대로요.

첫 번째 상인 퇴장.

**시라큐스 안티폴루스** 내 좋을 대로 둔다지만, 34

그런 것이 어디 있나. 이 넓은 세상에, 35

한 방울의 물, 이 넓은 대양에서 나와 일치하는

물 한 방울 어디서 찾을까.

그게, 아무도 모르게, 찾기만 하고,
수포로 돌아간다면. 어머니, 형제를 찾기 위해
40 나 역시 행복도 잃고 헤매는구나.

에페수스 드로미오 등장.

나와 생일이 같은 사람 오네. 무슨 일인데요. 어떻게 이렇게 빨리 돌아왔어요?

43 **에페수스 드로미오** 이렇게 빨리라니요? 좀 늦은 감이 있는데?
치킨이 타고 있고, 돼지가 너무 익고 있으며,
시계가 12시를 쳤고, 주인 마나님이 볼을 한 대 먹였는데요.
점심이 차가워지니 마나님이 뜨거워지네요.
당신이 없으니, 점심이 식어요.
당신이 집에 없으니, 당신은 배고프지 않지요.
이미 식사를 드셨으니 배고프지 않지요.
그러나 우리 하인들은 ― 굶는 법,
기도하는 법 익혔으나 ― 오늘 당신 때문에
52 벌 받고 있답니다.

**시라큐스 안티폴루스** 잠깐. 이봐,
내가 준 돈 어디 있지?

55 **에페수스 드로미오** 지난 수요일에 주인마님 가죽으로 된 물건 수리비로 주신 6펜스요? 안장 수리공이 받았지요, 주인님. 제가 가진 것이 아니지요.

**시라큐스 안티폴루스** 장난칠 기분 아니야. 장난치지 말고 당장 말해!

돈 어디 있어?

여기는 낯선 사람들뿐이야. 어떻게 그 많은 돈을 60

지켜보지도 않는다는 말이야?

**에페수스 드로미오** 주인님, 제발 점심 드시면서 농담하세요.

마나님이 급히 보내셨어요.

그냥 돌아가면 제 골통 박살 나요.

주인님 식욕은, 저도 그렇지만, 65

시계 같아서, 사람을 보내지 않아도

혼자 오시지 않아요?

**시라큐스 안티폴루스** 드로미오, 그만해, 제발.

농담할 때가 아니야.

다른 때 하라고. 내가 준 금은 어디 있어? 70

**에페수스 드로미오** 뭘 주셨다고요? 주인님, 금을 주신 적 없어요.

**시라큐스 안티폴루스** 이놈,

농담 그만둬.

내가 맡긴 돈으로 뭘 했어?

**에페수스 드로미오** 제가 맡은 것이라곤 시장에서 주인님 찾아서 피닉스 75

집으로 점심 드시게 하는 것이라고요.

마나님과 처제가 주인님을 기다리고 있다고요.

**시라큐스 안티폴루스** 내 돈 어디에 감췄어. 대답 안 하면, 내 지금

농담할 기분 아니니까,

그 농하는 머리통이 박살 난다고. 80

그 천 마르크[1] 받은 것 어디 뒀어?

82 **에페수스 드로미오** 당신이 제 머리에 남기고 주인 마나님이

제 몸에 남긴 자국이 돈 자국인가요?

두 사람 다 합쳐도 천 마르크는 못 미치지요.

제가 그것을 돌려드린다 하더라도,

86 주인님은 저처럼 참아내지 못하실 걸요.

87 **시라큐스 안티폴루스** 주인 마나님의 자국?

너 이놈, 주인 마나님이 어디 있어?

**에페수스 드로미오** 주인님 사모님요, 부인요,

90 피닉스에 계신 집에서 주인님 돌아오셔서 점심 드시길 기다리면서 빨리 돌아오라고 기도드리는 분요.

92 **시라큐스 안티폴루스** 내가 그만 두라는 데도, 내 면전에 조롱을 해?

자, 한 방 먹어라, 이놈! (에페수스 드로미오를 때린다.)

**에페수스 드로미오** 뭐 하시는 거예요? 제발 멈추세요! 계속 때리시면, 저는 도망칩니다.

에페수스 드로미오 퇴장.

95 **시라큐스 안티폴루스** 저놈이 어떤 꾐에 빠져 내 돈 다 털렸네.

이 도시는 사기꾼 천지라더니 – 눈속임 꾼 눈 속이고,

검은 마녀 마음을 혼미케 하고, 몸을 망치는 영혼

죽이는 마녀들, 가면 쓴 사기꾼들, 말 빠른 야바위꾼,

모든 다른 범죄가 넘치는군.

---

1. marks는 화폐 단위와 매 자국 두 가지 의미로 쓰인다.

이게 사실이면, 나는 어서 떠나야지.
센토 여인숙에 가서 내 하인 놈을 찾아야지 —
내 돈이 무사해야 할 터인데.

그가 퇴장한다.

# 2막

# 1장

아드리아나와 루시아나 등장.

**아드리아나** 남편도 종놈도 돌아오지 않았어.
내가 부르려 보냈는데 말이야.
3 루시아나. 벌써 2시지.
**루시아나** 아마 시장 상인이 점심 먹자고 했겠지.
5 언니, 걱정 그만하고 점심 먹자.
남자는 제멋대로야.
시간이 없을 뿐이지. 좋은 게 생기면
마음대로 오가는 게 남자라고요.
9 언니, 이번도 그래요. 참읍시다.
10 **아드리아나** 남자가 왜 여자보다 자유로워야 되니?
**루시아나** 하는 일이 밖에 있잖아.
12 **아드리아나** 이봐, 내가 이렇게 대하면 그가 싫어해.
**루시아나** 언니, 우리 의지의 고삐를 쥔 게 남자라는 걸 알아야 돼요.
15 **아드리아나** 노새나 그렇겠지.
16 **루시아나** 지나친 자유는 걱정을 낳는다고.
하늘 아래 한계는 없어.
땅 짐승, 바닷물고기, 하늘의 새
모두 수컷 차지고 수컷 지배를 받아.

신과 가장 가까운 남자는
모든 동물의 주인이야.
남자는, 지적 감성과 영혼을 받은,
드넓은 땅과 거친 바다의 주인이니,
여자의 주인이지. 그러니,
남자의 욕망을 채워주어야지. 25

**아드리아나** 너의 그 하인 근성 때문에 시집 못 가는 거야.

**루시아나** 아니야, 그게 — 이게 침상에서 일어나는 일 때문이라고.

**아드리아나** 너도 결혼해봐. 너도 남자를 부리게 될 거라고.

**루시아나** 나는 사랑을 배우기 전에, 복종하는 법부터 배울 거야.

**아드리아나** 네 남편 바람나면 어쩔 건데? 30

**루시아나** 돌아올 때까지 기다리지.

**아드리아나** 참는다고? 너 결혼 못 하는 것 당연하다, 얘. 32

달리 행동할 방도가 없으면,
우유부단을 말하기는 쉬워.
너 때리고 고통 주는 참담한 놈 만나면,
못하게 하겠지. 그 같은 고통당하면,
이렇게 불평했으면 했지 덜하진 않을 거야.
문제 일으키는 남편 없는 너,
연약한 인내심 가지라고 날 위안하려고 하니?
막상 네가 당하면,
이 어리석은 인내심 같은 건 입에도 안 올릴 거야, 너.

**루시아나** 나도 그런지 한번 결혼해보려고. 언니 종 온다 — 이제 형부 42

오겠다.

**아드리아나** 주인님 오시니?

45 **에페수스 드로미오** 아니요, 주먹이 내 얼굴에 날아왔어요. 제 귀 보이시죠.

**아드리마나** 말씀 전했니? 뭐하시는데?

**에페수스 드로미오** 그럼요. 제 따귀 때리는 거요? 빌어먹을 주먹, 아직 이해[2] 안 돼요.

50 **루시아나** 주인님이 말씀을 흐릿하게 하셔서 이해 못 했다고?

**에페수스 드로미오** 아니요. 심하게 때려서 확실히 그의 주먹이 센 걸 느꼈다고요. 너무 무서워, 감히 참기조차 힘들어요.

**아드리아나** 말해봐, 지금 오고 있어? 부인 만족시키려 애쓰고 있니?

**에페수스 드로미오** 마나님, 바람난 암소[3]처럼 화났어요.

57 **아드리아나** 바람난 암소? 이놈이!

58 **에페수스 드로미오** 아니, 그만큼 화나셨다는 말이지요.

정말 화나셨어요.

집에서 점심 드시자 했더니,

1천 마르크를 내라고 했어요.

제가 "점심시간입니다" 했더니, "내 금덩이" 하셨어요.

"집에 가시죠" 했더니, "내 금덩이" 하셨어요.

"1천 마르크 어디 있어, 이놈" 하셨어요.

"돼지가 타고 있어요" 했더니, "내 금덩이" 하셨어요.

---

2. understand는 stand의 말장난, 즉 endure의 뜻.

3. horn mad는 cuckold(바람난 아내를 둔 남자)가 horn이 달린 것으로 묘사되었다.

"마나님" 했더니, "빌어먹을 마나님!
난 네 마나님 모른다, 지옥에 떨어질
마나님 같으니라고" 이라고 하셨다고요.

**루시아나** 누가 그 말을 했어? 69

**에페수스 드로미오** 주인님이요.
"난, 주부도, 부인도, 마나님도, 없다"고 말했어요.
내 입으로 전해드릴 말은
어깨를 심하게 때리는 바람에 꺼내지도 못했어요.
결국 제 어깨를 내리쳤다고요.

**아드리아나** 돌아가 다시 모시고 와라. 75

**에페수스 드로미오** 돌아서서 또 얻어터지라고요? 제발, 다른 사람 보내세요.

**아드리아나** 빨리 가. 아니면 대갈통 터진다!

**에페수스 드로미오** 주인님이 또 머리통 까면, 내 머리통은 성인의 머리가 될 걸요.

**아드리아나** 썩 꺼져, 이 허풍선이 놈아! 주인님 모셔와.

**에페수스 드로미오** 제가 축구공인 줄 아세요. 이렇게 차시게. 81
마나님이 저를 차시면, 주인님이 또 차신다고요.
계속 이러시려면, 공처럼, 저를
가죽에 싸셔야 할 겁니다.

에페수스 드로미오 퇴장.

**루시아나** 얼굴 좀 봐! 얼굴이 온통 성급한 표정이시네. 85

86 **아드리아나** 내가 집에서 그의 웃는 얼굴 보길 갈망할 때

그는 부하들이 더 중요한 것이야?

집안일로 내 가엾은 볼에서 매혹을 앗아갔지?

그이 때문에 내 아름다움이 다 망가졌어.

내가 지겹다고? 내가 위트가 없다고?

내 말이 더 이상 유창하지 못하다고?

그게 다 그이 때문이야.

단단한 대리석으로 날카로운 연장을 무디게 한 거라고.

그년들 예쁜 옷에 현혹되었다고?

그건 내 잘못이 아니지, 그가 사줘야 하는 것이라고.

나에게 그가 잘못 아닌 것이 어디 있어?

그가 미소 한번 지으면 내 상한 아름다움이

일시에 돌아올 거야. 그런데 이렇게 멋대로인 사슴처럼,

공원 울타리를 넘고 새 풀을 뜯어?

100 나는 가엾은 쓸모 잃은 바보에 지나지 않아.

**루시아나** 질투는 언니에게 해로울 뿐! 버리세요, 제발.

102 **아드리아나** 직접 당하지 않는 사람은 이것을 무시하라고 하지.

그의 눈은 다른 년에게 팔려있어.

그렇지 않으면 여기 없겠어?

동생, 그이가 나에게 목걸이 준다고 했어.

목걸이는 필요 없고,

나에게 진실하면 좋겠어.

최고의 보석이 무슨 소용이람.

금은 아무리 만져도 닳거나
썩지 않지 않아?
덕망 있는 사람이면 거짓과 악행으로
이름을 더럽히지는 않을 것이야.
내가 더 이상 남편한테 아름답지 않으니,
그나마 나에게 남아 있는 매력을 울면서 허비하고
울다가 죽겠지. 114

**루시아나** 사랑에 겨운 사람은 질투로 미쳐 날뛴다니까! 115

두 사람 퇴장.

## 2장

1 **시라큐스 안티폴루스** 드로미오에게 준 금덩이는
센토 여인숙에 안전하게 잘 있고,
드로미오는 날 찾아 떠났다고
여관주인이 말하는군.
시장에서 돌려보낸 후 아직 말을 나눈 적이 없는데,
6 여기 하인이 오는군.

시라큐스 드로미오 등장.

7 이 친구야, 이제 기분이 좀 나아졌나? 만약 더 맞고 싶으면, 농담이나 더 하라고. 센토 여인숙에 대해 들어본 적이 없다고? 금덩이를 받지 않았다고?
네 주인 마나님이 나를 점심 먹으라고 부르러 보냈다고? 피닉스가 내 집이라고?
12 그렇게 미친 말을 하는 너는 미쳤었나?

**시라큐스 드로미오** 무슨 말을 했다고요? 주인님! 제가 언제 그런 말을 했어요?

**시라큐스 안티폴루스** 지금. 여기서. 30분도 안 되었다, 네가 그런 게.

15 **시라큐스 드로미오** 금덩이를 주시며 센토 여인숙에 저를 보내시고 나서 못 뵀는데요.

**시라큐스 안티폴루스** 이 몹쓸 놈, 금 안 받았다 했고,

주인 마나님인가 점심인가
이런 말 했잖아. 너 그런 말 할 때
죽을 맛이었다고.

**시라큐스 드로미오** 그렇게 농을 하시니 좋습니다만 무슨 농담이세요? 20
말씀해보세요, 주인님.

**시라큐스 안티폴루스** 뭐야, 내 앞에서 농을 해? 22
내가 농담하는 줄 아니. 이놈아, 에라!
이것, 이것 먹어라! (시라큐스 드로미오를 때린다.)

**시라큐스 드로미오** 주인님 아파요, 제발!
농담이 지나치네. 왜 이러세요? 25

**시라큐스 안티폴루스** 내가 너를 오냐오냐하니까
또 농담도 하게 하니까,
이제 올라타네. 내가 정색을 하는데 농을 해.
이봐, 멍청한 하루살이는
해 뜰 때 나와서 해 질 때
구멍으로 들어간다고.
농담 따먹으려면,
내가 어떤 기분인지 알고 하라고.
그렇지 못하면, 정신 차리게 해준다고. 34

**시라큐스 드로미오** 제가 정신 나게요? 때리는 것이 저의 머리통이라고 하시면, 치는 것을 멈추시겠어요? 계속 때리시면, 제 머리 보호할 성벽[4]이 필요하겠어요.

4. sconce는 머리, 성벽을 뜻한다.

아니면 벽장 속에 뇌를 두고 나오든지.
주인님, 그런데 왜 때리시나요?

40 **시라큐스 안티폴루스** 모른다고?

**시라큐스 드로미오** 저가 맞는 것밖에 몰라요.

**시라큐스 안티폴루스** 왜 내가 이유를 설명해야 하는데?

**시라큐스 드로미오** 당연히 말씀해주셔야지요. 속담에 모든 "결과"에 "원인"이 있다고 하잖아요.

45 **시라큐스 안티폴루스** 먼저 "결과"는 내 말을 거역한 것이고, 두 번째 "원인"은 그것을 두 번째 하고 있다는 거야.

**시라큐스 드로미오** 나는 그렇게 이해가 안 되는
결과와 원인 때문에 맞는 사람은
없는 것 같은데요.
하여간, 감사합니다.

50 **시라큐스 안티폴루스** 뭘 감사해? 무엇 때문에?

**시라큐스 드로미오** 아무것도 아닌 것에 대해
어떤 것을 주신 것에 대해서요.

**시라큐스 안티폴루스** 이 다음엔 어떤 것에 대해
무조건 한 대다. 점심시간이야?

**시라큐스 드로미오** 아니요. 고기는
55 제게 필요 없는 게 필요해요.

**시라큐스 안티폴루스** 뭔데?

**시라큐스 드로미오** 때리는 것요.

**시라큐스 안티폴루스** 그러면, 고기즙이 없어져.

**시라큐스 드로미오** 그러면, 드시지 마세요.

**시라큐스 안티폴루스** 왜?

**시라큐스 드로미오** 그것 드시면 화가 나게 되고,
저는 또 맞게 돼요. 62

**시라큐스 안티폴루스** 그러니, 때 보아가며 농담해라. 모든 게 때가 있어.

**시라큐스 드로미오** 그렇게 화내기 전에는
미처 그 생각 못 했네요.

**시라큐스 안티폴루스** 왜? 67

**시라큐스 드로미오** 그것 대머리 시간만큼
간단해요.

**시라큐스 안티폴루스** 어디 들어보자꾸나!

**시라큐스 드로미오** 모든 것에 시간이 있을지 몰라요. 그러나 어느 누구도 대머리 되면 저절로 머리에 털 나지 않아요.

**시라큐스 안티폴루스** 그는 그것을 되찾을
권리가 있지 않니? 74

**시라큐스 드로미오** 그래요. 가발을 사서 다른 사람이 잃어버린 머리털을 쓰지 않아요?

**시라큐스 안티폴루스** 왜 시간은 머리를 그렇게 싸게 내놓지?
결국 많아서겠지. 78

**시라큐스 드로미오** 동물들은 털 많이 타고나지 않아요?
사람들은 털이 부족하고요,
그러나 지혜로 메우지요.

**시라큐스 안티폴루스** 그러나 많은 남자들은 지혜보다

83 털이 더 많다고.

**시라큐스 드로미오** 그들 중 하나도 대머리 되지 않을 만큼

85 지혜롭지 못하지요.

**시라큐스 안티폴루스** 그런데, 털 많은 남자가 정직하고 순박하다고

생각하나 보지.

**시라큐스 드로미오** 정력이 좋은 사람일수록, 머리가 빨리 빠져요. 그렇지

만 힘이 좋으니 좋은 시절 누리지요.

90 **시라큐스 안티폴루스** 왜?

**시라큐스 드로미오** 두 가지 몸에 좋은[5] 이유가 있는데요.

**시라큐스 안티폴루스** 좋은 것 생략하면?

**시라큐스 드로미오** 확실한 것은 ...

**시라큐스 안티폴루스** 불확실한 것 논할 때 불확실한 것 생략하면, ...

**시라큐스 드로미오** 그러면 확실한 거요.

**시라큐스 안티폴루스** 말해봐.

**시라큐스 드로미오** 한 가지는요, 머리 하는 데

돈을 절약할 수 있고요,

99 음식에 털 빠질 일[6]도 없고요.

100 **시라큐스 안티폴루스** 네 말은, 모든 것에 시간이 없다는 것

증명하려고?

**시라큐스 드로미오** 그러고 말고요, 주인님.

빠진 머리 되돌릴 시간이 없지요.

---

5. sound는 성기를 지칭한다.

6. 성병은 머리를 빠지게 한다는 뜻.

**시라큐스 안티폴루스** 네 설명이 충분치 않아.

**시라큐스 드로미오** 이것 어떠세요. 시간 자체가 대머리요. 그래서 항상 106
대머리가 있다고요.

**시라큐스 안티폴루스** 너는 정말 대머리[7] 같은 이야기를 하고 있어요. 잠깐, 우리한테 손 흔드는 사람들 누구냐?

아드리아나와 루시아나 등장.

**아드리아나** 아이구, 안티폴루스. 110

왜 날 보고 당황한 표정으로 낯 찡그리는 거요?
다른 년들에게 달콤새콤한 추파 던지면서 —
나는 이제 아드리아나도 당신 부인도 아닌 거지!
한때는 일장 연설을 해대던 적도 있긴 했지.
내 목소리는 음악이고,
내가 보여주는 것은 모두 아름답고,
내 손 말고는 어떤 손도 따뜻하지 않고,
내가 만든 음식 말고는 맛이 없다고 했지요.
여보, 어찌 된 일이요, 도대체 왜 나에게
낯선 사람이 되었어요?
이제 당신이 낯선 사람이라고 말하는 거예요.
그런데, 우리가 한둘로 나뉠 수 없을 때,
나는 당신의 몸의

---

7. bald는 "대머리인," 그리고 "사소한"의 뜻. bold, 즉 "대담한"의 뜻도 함축된 듯.

가장 아름다운 부분보다
더 아름다웠어요
나에게 떨어져 나가지 마세요
이제 내 몸을 당신에게서 분리하는 것은,
차라리 거친 바다에
물 한 방울이 떨어져
섞이지 않고 줄어들지 않고
찾아내는 것이나
매한가지일 거란 것이요.
내가 만약 바람을 피워서
사악한 욕정으로
당신을 위해 맹세한 이 몸이
더렵혀졌다고 듣는다면
당신 얼마나 충격받겠어요?
나에게 침 뱉겠지요, 나를 버리고,
결혼서약을 내 얼굴에 내동댕이치겠지요?
내 이마에 낙인찍힌[8]
음탕함의 표시를 지우고,
내 손가락의 결혼반지를 끊어내고,
나와 이혼하겠다고 맹세하겠지요?
그러고 말고, 그렇게 하세요. 사실,

---

8. "tear the stained skin off my harlot brow" 창녀들은 벌로써 이마에 문신이 새겨졌다.

나는 간음한 거나 마찬가지고,
내 피는 욕정으로 더럽혀졌어요.
우리는 결혼으로 한 몸이 되었고,
당신이 바람을 피웠으니,
당신이 내 살을 더럽혔어요.
당신의 타락이 나를 창녀로 만들었어요.
그러나 나에게 성실하세요,
그리고 결혼의 침상으로 돌아오세요.
그 길이 내 정절을 지키는 길이고
당신의 명예를 지키는 것이에요. 146

**시라큐스 안티폴루스** 누구에게 말하는 것인가요, 귀부인? 나는 당신을 모르오. 나는 에페수스에 온 지 2시간 지났을 뿐이요. 당신 말은 이 도시만큼이나 이상하군요.
아무리 머리를 짜내도 당신 말 한 마디도 모르겠소.
단 한 마디도요! 151

**루시아나** 형부, 부끄러운 줄 아세요! 정말 많이 변하셨어요. 왜 언니를 이렇게 대우하세요? 언니는 드로미오를 보내 점심 드시라고 하셨는데.

**시라큐스 안티폴루스** 드로미오?

**시라큐스 드로미오** 저를요?

**아드리아나** 그래, 자네가. 자네가 이렇게 말했었지. 주인님이 자네를 때렸고, 자기 집이 자기 집이 아니라고 했었고, 나는 그의 부인이 아니라고, 말했다고.

**시라큐스 안티폴루스** 자네 이 부인과 이야기한 적 있나?
두 사람들이 무슨 작당을 한 거지?
**시라큐스 드로미오** 저요, 주인님? 이 순간 처음 보는 분인데요.
**시라큐스 안티폴루스** 거짓말하고 있네!
자네가 시장에서 나에게 똑같은 말을 했었다고.
**시라큐스 드로미오** 내 평생 이 부인과 이야기한 적이 없어요.
**시라큐스 안티폴루스** 그럼 어떻게 이 부인이
우리 이름을 안다는 거야?
마술이라도 걸었어?
168 **아드리아나** 정말 치사하시네!
그래 당신 같은 존재가
이렇게 하인과 짜고 이런 일을 꾸미셔.
당신이 나를 피하는 것은 내 잘못이지,
그러나 조롱으로 나를 더 비참하게 만들지 마세요.
내가 당신 팔에 매달릴게요.
당신은 나의 참나무 거목이고, 내 남편이고,
나는 담쟁이 넝쿨이에요.
나의 약함은 당신의 강함으로 힘을 얻어, 이 말을 하겠어요.
당신이 나에게서 가져간 것은 무가치한 것이에요.
즉, 깎아야 할 너무 자란 잡초인 거죠.
너무 자라 당신 속에 들어가 당신에게 독이 되고
혼란을 초래했어요.
**시라큐스 안티폴루스** 저 부인이 나에게 말을 하고 있네,

정말. 뭐야, 내가 꿈속에서 이 여인과 결혼했나?
내가 지금 잠들어 있어,
상상하고 있는 거야?
무엇이 내 두 눈과 귀를
이렇게 이상하게 만드는 것이지?
확실히 알 때까지는 그녀를 기쁘게 해야지. 186

**루시아나** 드로미오, 하인들에게 점심 준비하라고 해요.

**시라큐스 드로미오** 아이고, 맙소사,
염주라도 있어야겠네.
여기가 천국인가. 무슨 운명의 장난인가!
우리가 도깨비, 올빼미, 악마랑 이야기하는 것이야.
우리가 거역하면, 우리 피를 빨고,
시퍼렇게 멍들 때까지 꼬집을 거야.

**루시아나** 내가 하라는 대로 하지 않고 뭘 중얼거리는 거야? 드로미오,
네가 수벌이야, 달팽이야, 지렁이야, 이 멍청이 같은 놈!

**시라큐스 드로미오** 내가 변신이라도 했나요,
주인님?

**시라큐스 안티폴루스** 너 마음이 돌았나보다, 나도 마찬가지야.

**시라큐스 드로미오** 아니요, 주인님. 몸과 마음 둘 다 변했어요.

**시라큐스 안티폴루스** 네 몸은 마찬가지야.

**시라큐스 드로미오** 아니요, 저는 원숭이 같은 바보인 걸요.

**루시아나** 너가 변했다면, 당나귀야, 이놈아.

**시라큐스 드로미오** 그게 사실인 것 같아요. 그녀는 나를 심하게 올라타

고 있고, 나는 여기를 벗어나고 싶어요.

나는 당나귀처럼 멍청한 거지요— 그래서 나는 저 여자를 모르

202 고 저 여자는 나를 모르는 것이겠지요.

**아드리아나** 그래, 그래! 내 남편과 종놈이 나를 조롱하는데

나는 바보짓 그만할래요.

여보, 점심 먹으러 갑시다, 어서요.

드로미오, 문 막아라. 여보,

나 당신과 먹으면서, 당신이 하는 농이 다

무엇 때문인지 듣고 싶어요.

여봐라! 누가 주인 찾으면, 밖에 식사하러 가셨다고 하거라. 문

안에 들여놓지 말거라. 동생, 어서 들어와. 드로미오, 문 잘 지

211 켜라.

**시라큐스 안티폴루스** 내가 도대체 어디에 있는 거지, 천당이야 지옥이야?

잠이 든 거야 눈을 뜨고 있는 거야? 정신이 나간 거야 있는 거

야? 이 두 여인은 나를 아는데, 나는 나 자신을 모르겠구나! 어

216 찌 되었건, 그 여인들 말을 한 번 들어보자.

**시라큐스 드로미오** 주인님, 문 지킬까요?

**아드리아나** 그래라, 아무도 들여보내지 마. 아니면 자네 머리통이 남아

나지 않을 거야.

**루시아나** 안티폴루스 어서 들어가요. 배고프네요.

그들 퇴장.

# 3막

## 1장

에페수스 안티폴루스, 에페수스 드로미오, 안젤로, 그리고 발타자 등장.

**에페수스 안티폴루스** 안젤로 선생, 실례하오. 늦으면 내 마누라가 화내요.
내가 이렇게 말하리다. 내가 당신 가게에 함께 있으면서,
마누라의 목걸이를 만드는 것을 보고 있었고,
내일 배달할 것이라고.
5 그런데 이 불한당이 나타나서
나를 시장통에서 보았다고 하지 않나,
이놈이 내가 자기를 한 대 때렸고, 나는 이놈한테 금 천 마르크를 주었었다고 하지 않나, 내 부인과 내 집에 대해 거짓말을 하지 않나, 원, 참, 내!
10 이 주정뱅이 놈, 도대체 무슨 소리냐?

**에페수스 드로미오** 마음대로 말씀하시죠. 제가 아는 것은 제가 알지요.
주인님이 시장에서 나를 때리셨고,
여기 이 상처가 증거잖아요. 내 피부가 종이고, 당신 주먹이 펜이라면, 내 몸에 상처를 읽을 수 있으실 거예요.

15 **에페수스 안티폴루스** 너는 당나귀야.

**에페수스 드로미오** 솔직히 말씀드리면, 두들겨 패면서 부리시는 게 그래 보여요. 제가 당나귀면, 이렇게 뒷발질해야 하겠네요. 그러면 주인님이 겁나서 피하시겠지요.

**에페수스 안티폴루스** 발타자 선생, 기분 나쁘게 생각지 마시오. 내 환영의 뜻으로 성찬을 대접하리다. 20

**발타자** 선생님의 환영이 맛있는 음식보다 백배 낫지요.

**에페수스 안티폴루스** 발타자 선생, 어떤 음식이건 세상 어떤 환영이 좋은 식사에 비교나 되겠습니까?

**발타자** 성찬은 별거 아닙니다 — 돈만 있으면 되는 거지요.

**에페수스 안티폴루스** 그렇지요. 사람들은 말뿐인 "환영"을 말할 수 있지요. 25

**발타자** 적은 음식이라도 큰 환영은 즐거운 성찬이 되지요.

**에페수스 안티폴루스** 그렇고말고요. 싸구려 주인의 파티에는 싸구려 손님이 오지요. 비록 음식이 조촐하지만 즐겁게 드시지요. 더 좋은 음식을 드실 수 있으시겠지만, 더 따뜻한 환영을 받지는 못하실 겁니다. 왜 이렇지? 내 집 문이 잠겨 있네. (드로미오에게) 문 30 열라고 말해라.

**에페수스 드로미오** 모드, 브리지트, 마리안, 시셀리, 질리언, 진!

**시라큐스 드로미오** (무대 뒤에서) 멍청이, 저능아, 고자, 바보, 천치, 광대!
문에서 썩 꺼지든지 거기 앉아 좀 쉬던지, 해라!
네가 마술이라도 부려서 그 많은 여자 이름을 부르려고 해? 35
한 여자면 충분하지 않아? 썩 꺼져, 이놈!

**에페수스 드로미오** 새로 광대 문지기를 고용했나? 주인님께서 길거리에서 계시다, 이놈!

**시라큐스 드로미오** (무대 뒤에서) 어서 왔던 곳으로 돌아가, 감기 들라.

**에페수스 안티폴루스** 거기 누구냐? 문 열라니까!

40 **시라큐스 드로미오** (무대 밖에서) 왜 열어야 하는지 말부터 하라니까.

**에페수스 안티폴루스** 왜? 오늘 점심 먹어야겠다. 아직 식사 안했다고.

**시라큐스 드로미오** (무대 밖에서) 아직 식사를 못 했다고? 다른 때 다시 와라.

**에페수스 안티폴루스** 너 누군데 내 집에 내가 못 들어가게 하느냐?

**시라큐스 드로미오** (무대 밖에서) 나는 지금 이 집 임시 문지기 드로미오다.

45 **에페수스 드로미오** 이 도둑놈! 내 이름과 일을 빼앗다니! 그래, 일은 그렇다 치고, 내 이름이 지금 문제 되고 있어. 오늘 나 대신 드로미오면, 네 머리통에는 주먹이 날아갈 것이고 네 이름은 "당나귀"가 되, 이놈아!

**넬** (무대 안에서) 무슨 소란이냐, 드로미오? 밖에 누구냐?

50 **에페수스 드로미오** 넬, 주인님 어서 모셔요.

**넬** (무대 안에서) 아니지, 너무 늦으셨어. 네 주인에게 그렇게 말해라.

**에페수스 드로미오** 맙소사! 웃기고 있네. 너에게 한마디 하지. "내 집에서 발도 못 펴냐?"

55 **넬** (무대 안에서) 내가 답하지. "한번 펴보시지."

**시라큐스 드로미오** (무대 밖에서) 너 이름이 넬이냐? 너 대답 한번 잘했다.

**에페수스 안티폴루스** 이 종년, 잘 들어라. 문 열기 바란다.

**넬** (무대 안에서) 이미 해보라고 한 것 같은데.

60 **시라큐스 드로미오** (무대 안에서) 안 된다니까.

**에페수스 드로미오** 주인님, 문을 두드리지요. 그래 되었다! 주먹에는 주먹이야.

**에페수스 안티폴루스** 아무 짝에도 못 쓸 놈, 문 열라니까

**넬** (무대 안에서) 누구세요?

**에페수스 드로미오** 주인님, 문을 세게 두드리세요.

**넬** (무대 안에서) 손이 터지게 두들겨 보시지. 65

**에페수스 안티폴루스** 이놈아, 이 문을 부수고 들어가면, 너 후회하게 될 거다.

**넬** (무대 안에서) 우리가 왜 이런 걸 참아야 하지? 이 사람들 목에 칼[9]을 채우고 마을 한 바퀴 돌려야 되겠네.

**아드리아나** (안에서) 문밖이 왜 이리 소란한 거야?

**시라큐스 드로미오** (무대 안에서) 이 도시에는 말썽꾼들이 많은 것 같아요. 70

**에페수스 안티폴루스** 여보, 당신이요? 좀 빨리 오셨어야지.

**아드리아나** (안에서) 당신 부인, 이 사기꾼 같으니! 썩 꺼져!

**에페수스 드로미오** 주인님, 마나님이 주인님을 혼내시면, 저는 이제 죽은 거나 마찬가지이네요.

**안젤로** 환영은커녕 밥 먹기도 틀린 것 같습니다. 75

**발타자** 우리 어느 게 좋은지 논하고 있었는데, 이제 둘 다 아니네요.

**에페수스 드로미오** 주인님, 손님들이 기다린다고, 어서 영접하라고 하세요.

**에페수스 안티폴루스** 우리 못 들어가게 하는 분위기가 이상하지 않아.

**에페수스 드로미오** 주인님 옷이 제 옷만큼 얇으면, 진짜 공기를 느끼실 거예요. 집안 음식은 따뜻한데, 우리는 떨고 있고. 이런 것을 80 당하는 사람은 황소처럼 화나게 되지요.

**에페수스 안티폴루스** 뭐 좀 가져와라, 문 부수게.

---

9. "a pair of stocks" 범법자들의 손과 발을 고정시키는 나무 형틀.

**시라큐스 드로미오** (안에서) 뭐 부수다니, 당신네 머리통이 깨질 거요.

**에페수스 드로미오** 이놈, 네놈과 더 이상 이야기 안 한다. 말은 허공만

85 가를 뿐, 너 얼굴 한 번 박살 내주지.

**시라큐스 드로미오** (안에서) 얻어터질 놈은 네놈이야. 썩 꺼져, 개 같은 놈아!

**에페수스 드로미오** 네놈하고 이만하면 되었다. 빨리 문 열어, 들어가게!

**시라큐스 드로미오** (안에서) 그렇고말고 — 새에 깃털이 없으면 물고기는 지느러미가 없지.

90 **에페수스 안티폴루스** 가서 크로우 같은 것 좀 가져와라.

**에페수스 드로미오** 털 달린 까마귀[10] 말이세요? 주인님, 정말이세요? 저 놈이 "물고기는 지느러미가 없다,"고 했는데, 주인님은 털 없는 까마귀를 가지고 오라니요. (시라큐스 드로미오에게) 이놈아, 까마귀가 우리 안으로 들어가게 하면, 우리는 함께 까마귀 털 뽑

95 듯 서로 다퉈야 돼, 이놈아.

**에페수스 안티폴루스** 쇠지렛대 말이야. 어서.

**발타자** 참으시죠, 선생님! 이러지 맙시다. 이러시면, 선생님 이름에 누가 되고, 죄 없는 부인이 의심받게 됩니다. 부인과 오래되셨지 않으세요. 부인은 현명하시고, 진지하시고, 성숙하시고, 겸손하세

100 요. 그러니 이러는 원인이 있을 겁니다. 아직 선생님이 모르시는 이유가 있으시다고 생각합시다. 오늘 왜 문을 걸어 잠그는지 설명하실 겁니다. 제 말대로 참으시고 타이거 식당에 가셔서 점심을 듭시다. 저녁 때, 혼자 돌아오셔서 이 이상한 일을

---

10. crow(까마귀)와 crowbar(쇠지렛대) 두 가지를 다 의미한다.

알아보세요. 지금 백주에 힘으로 부수고 들어가시면, 소문납니다. 사람들은 꾸며대길 즐기고, 선생님의 실추된 이름은 죽은 105 다음에도 따라 다녀요. 가문에 오점은 영원히 오점이 됩니다.

**에페수스 안티폴루스** 그래요 — 내가 참지. 기분 잡치지만, 참아야지. 참한 여자를 알고 있지. 아름답고 매력적이고 — 약간 야성적이고 얌전해요. 그 식당에서 식사합시다. 내 마누라는 내가 그 여 110 자와 노닥거린다고 바가지를 긁어요. 아니라고 설명해도 막무가내요. 거기서 점심 듭시다. (안젤로에게) 가서 목걸이 가져오세요. 이제 준비되었을 거요. 포큐파인 식당으로 가져가세요. 거기에 그 여자가 있어요. 내 마누라에 대한 앙갚음으로 목걸이를 그 여자에게 줄 것이오. 어서요. 내 집 문이 나를 들여놓지 115 않으니, 다른 곳에 가서 나를 돌려세우나 봅시다.

**안젤로** 한 시간 안에 그 식당에서 뵙지요.

**에페수스 안티폴루스** 그럽시다. 마누라 장난으로 돈푼이나 들게 생겼네.

그들 퇴장.

# 2장

**루시아나** 남편이 할 일을 모두 잊었단 말인가요? 안티폴루스, 당신의 결혼은 아직 봄날처럼, 싱싱하고 새롭다고요. 사랑의 새싹이 벌써 시들기 시작했나요? 사랑의 집이 벌써 썩었나요? 언니와 돈 때문에 결혼하셨다 치더라도, 언니를 위해서도, 좀 친절히 대할 수 없나요? 설령 당신의 애정이 다른 여자에게 잠깐 길을 잃어도, 적어도 감춰야 하지 않을까요? 당신의 거짓 사랑은 감추세요. 눈을 가려서 당신의 눈에서 부정절을 언니가 읽지 못하게 하세요. 말조심하고, 말이 헛나가지 않게 하세요. 달콤하고 친절하게 행동하시고, 부정절하지만 매력을 지니세요.
부당한 처신을 정직처럼 감추세요. 가슴이 더러워져도 적절히 처신하세요. 죄를 지었어도, 성인처럼 행동하세요. 거짓을 비밀로 하세요. 언니가 알 필요가 없지 않아요? 어떤 멍청한 도둑이 자기 도둑질을 자랑합니까? 바람피우고 당신의 눈에 바람기를 보이는 것은, 두 배로 나쁜 일이에요.
부끄러운 일을 했으면, 잘 감춰야지, 떠들고 다니면 더 나빠져요. 아이고, 불쌍한 여자들이여! 우리는, 사랑한다고 하면, 너무 잘 넘어가. 가슴 속으로는 다른 여자를 사랑해도, 우리를 사랑하는 것처럼 해요. 우리는 당신들 손 안에 있어, 마음대로 조정할 수 있어요. 그러니, 형부, 안에 들어가서, 언니에게 위안을 주시고, 기분을 풀어주세요. "여보"라고 부르시고요. 달콤한 한

마디 말이 만사를 해결할 것 같으면, 거짓말 좀 하는 것도 성스러운 일이에요.

**시라큐스 안티폴루스** 귀부인 — 나는 당신을 부를 다른 이름을 모르며, 어떻게 내 이름을 알아냈는지도 모르오만,

그대는 땅이 아름답고 성스러운 것처럼 현명하고 우아한 듯싶소. 25
내가 어떻게 생각하고 말해야 하는지 가르쳐주오. 나의 지식은 서투르고 인간적이라, 실수투성이고, 나약하고, 얄팍하고, 약해요. 나에게 감춰진 의미를 보여주시오. 왜 당신이 나의 감정의 진실을 드러나게 해서, 내 사랑이 다른 곳으로 방황하게 하는지 말해보시오.

그대는 신이요? 나를 개조하려 하오? 그렇게 하시오. 따르리다. 30
그렇지만, 내가 제정신으로 돌아오면, 당신의 울부짖는 언니는 내 부인이 아니요. 나는 그녀에게 질 의무가 없어요 — 내가 사랑하게 된 여인은 당신이요. 오! 달콤한 여인이여, 제발 언니의 눈물에 나를 익사하라고 말하지 마시오.

바다의 요정이시여, 대신 내가 당신과 사랑에 빠질 노래를 부르 35
시오. 나는 굴복하리다. 당신의 금빛 머리를 은빛 파도에 펴시오. 나는 침대처럼 그 위에 누우리다. 한 남자가 영광스런 환상 속에 죽을 수 있다면, 그는 죽을 수 있을 것 같소.[11] 사랑은 빛이요. 그래서 물 위에 떠돈다오. 내 사랑이 거짓이면, 날 익사케 하시오!

**루시아나** 제정신이에요, 지금, 무슨 말 하세요? 40

---

11. to die는 orgasm을 느낀다는 동사로 쓰인 것임.

**시라큐스 안티폴루스** 정신 나간 게 아니고 짝이 생겨 놀란 것뿐이요. 왠지 알 수 없소.

**루시아나** 눈이 삔 건가요?

**시라큐스 안티폴루스** 당신이 곁에 있기 때문이오. 당신은 해처럼 눈부시다오.

45 **루시아나** 보는 법을 익혀요. 그러면 다시 잘 볼 수 있어요.

**시라큐스 안티폴루스** 여보 사랑하는 이여, 어둠을 보느니 차라리 눈을 감겠소.

**루시아나** "여보"라니요? 언니를 그렇게 부르시라니까요.

**시라큐스 안티폴루스** 당신의 언니?

**루시아나** 그렇다니까요.

50 **시라큐스 안티폴루스** 아니오, 당신 말이요. 당신은 나의 배필이요. 나의 맑은 눈이고, 나의 가슴 속의 가장 소중한 감정이요. 나의 양식이요, 나의 운명이며, 나의 가장 달콤한 희망이요, 땅 위의 하늘이며, 천국에 이르는 문이요.

**루시아나** 언니가 그 모든 것이에요. 아니라면, 그녀가 그리되어야 해요.

55 **시라큐스 안티폴루스** 자신을 당신의 언니라 부르시오. 왜냐하면 내가 원하는 이는 당신이기 때문이요. 나는 당신을 사랑할 것이며, 그대와 내 일생을 함께할 것이요. 당신은 아직 남편이 없고, 나 또한 아내가 없소. 그대의 손을 주오.

**루시아나** 아니, 잠깐. 여기 계세요. 언니를 불러다 물어봐요.

루시아나 퇴장.
시라큐스 드로미오 등장.

**시라큐스 안티폴루스** 드로미오, 무슨 일이야? 왜 그렇게 뛰는 거야? 60

**시라큐스 드로미오** 저를 아세요? 제가 드로미오지요? 제가 선생님 하인이지요? 제가 저 맞지요?

**시라큐스 안티폴루스** 그래, 드로미오 내 하인. 자네는 자네야.

**시라큐스 드로미오** 저는 당나귀고, 한 여인의 하인이고, 제정신이 아닙니다.

**시라큐스 안티폴루스** 어떤 여자의 하인? 무슨 말이야, 제정신이 아니라니? 65

**시라큐스 드로미오** 사실은요, 저는 제 자신에 속하는 것 외에도 저는 한 여인에게 속합니다. 한 여인이 자기 소유라고 하면서 한시도 저를 그냥 두지 않고 찾아댑니다요.

**시라큐스 안티폴루스** 어떻게 그런 주장을 할 수가 있어?

**시라큐스 드로미오** 마치 소 부리는 것처럼요. 저를 짐승 취급 합니다요. 70 제 말은 제가 짐승이라서가 아니라, 짐승인 그 여인에게 제가 속해서 그렇다는 겁니다.

**시라큐스 안티폴루스** 어떤 여자인데?

**시라큐스 드로미오** 그 여자는 대단한 몸집입니다요. "미안한 말이지만"이라고 말을 시작할 수밖에 없어요. 먹고 살만 찌는 결혼 생활 75 을 했는지 모르겠지만, 그 여자 종이 되면, 저는 마를 수밖에 없는 운명인 걸요.

**시라큐스 안티폴루스** 살만 찌는 결혼이라니?

**시라큐스 드로미오** 주인님, 그 여자는 부엌에서 일하니까, 기름이 번들거린다는 뜻입니다요. 그녀를 보면 할 수 있는 일은 그 번들거리 80

는 기름을 등불로 사용해서 그 빛으로 도망칠 수밖에 없습니다요. 그녀 옷도 겨우내 타도 남을 만큼 번들거립니다요. 세상 종말이 온 다음 1주일은 더 탈 걸요.

**시라큐스 안티폴루스** 피부는?

85 **시라큐스 드로미오** 제 구두처럼 까맣죠. 구두처럼 더럽죠. 오물이 발목까지 찰 겁니다.

**시라큐스 안티폴루스** 이름은?

**시라큐스 드로미오** 넬입니다. 그러나 허리 사이즈가 45와 3/4 인치 넘어요.

**시라큐스 안티폴루스** 그래 넓다고?

90 **시라큐스 드로미오** 엉덩이는 키만큼이나 넓어요. 몸은 지구의처럼 둥글어요. 지구의 지도를 이용해서 나라를 확인할 수 있다니까요.

**시라큐스 안티폴루스** 아일랜드는 몸 어디쯤인데?

**시라큐스 드로미오** 엉덩이요. 늪[12]에 가까워요.

**시라큐스 안티폴루스** 스코틀랜드는?

95 **시라큐스 드로미오** 굳은 살 박힌 황량한 벌판[13] 같은 손바닥에요.

**시라큐스 안티폴루스** 프랑스는?

**시라큐스 드로미오** 머리가 뒤로 벗겨져 거대해진 이마에요.

**시라큐스 안티폴루스** 영국은?

**시라큐스 드로미오** 그녀의 이는 하얀 절벽 같지만, 탁하고 얼룩졌어요.

---

12. bog는 아일랜드에서 발견되는 습지. 여기서는 화장실을 뜻함.

13. barrenness에서 ness는 스코틀랜드에서는 황량한 벌판을 뜻함. 넬의 거친 손바닥을 뜻함.

그래서 그녀의 턱이 영국인 것 같은데, 얼굴에 난 땀으로 머리와 구분돼요. 100

**시라큐스 안티폴루스** 스페인은?

**시라큐스 드로미오** 솔직히 잘 안 보이지만, 그녀의 입김에 있어요.

**시라큐스 안티폴루스** 아메리카와 서인도제도는?

**시라큐스 드로미오** 아! 주인님, 여드름, 종기, 붉은 자국들이 뒤덮인 콧등에요. 코에서 흘러내리는 곳, 모두 받아먹는 입을 향해 있는 콧등이요. 105

**시라큐스 안티폴루스** 벨기에와 네덜란드는?

**시라큐스 드로미오** 아! 주인님, 낮은 나라인 네덜란드[14]까지는 들어다 보지 않았네요. 결론적으로, 그 마녀는 제가 자기 거라는 겁니다. 110 나를 드로미오라 부르고 나와 결혼을 약속했었다는 겁니다. 그녀는 제 어깨에 나 있는 출산 반점, 제 목의 검은 점, 제 왼팔의 사마귀 같은 은밀한 것까지 알고 있었어요. 저는 공포에 질려, 그녀가 마녀로 느껴져 도망쳤습니다. 제가 강하고 용감하지 못했다면, 저를 개로 만들어 끌고 다녔을 겁니다. 115

**시라큐스 안티폴루스** 서두르게 – 항구로 가. 오늘 밤 배가 출항할 만큼 바람이 있으면, 이 도시에서 오늘 밤을 보내지 않을 것이야. 배가 있으면, 시장으로 오게. 기다리고 있겠네. 모두가 우리를 알고, 우리는 아무도 모르면, 짐 꾸려 튀어야 하는 걸세.

**시라큐스 드로미오** 저는 제 부인이라고 주장하는 여인에게서, 곰에게서 도망치듯 도망쳐야 합니다. 120

---

14. 네덜란드는 Low Countries로 알려짐.

시라큐스 드로미오 퇴장.

**시라큐스 안티폴루스** 여기 사는 모든 여자는 마녀야. 그 말은 나도 마찬가지야. 나를 자신의 남편이라고 주장하는 그 여자, 뼛속까지 징그러워. 그런데, 그녀의 여동생은, 정말 사랑스럽고 우아하고, 너무 매력적이고 말을 잘해서, 내 현명한 판단에도 불구하고, 나를 머물게 할 뻔했다고. 이 요부의 노래를 못 듣게 내 귀를 틀어막아야겠어.

125

안젤로가 목걸이를 들고 등장.

**안젤로** 안티폴루스 선생님 —

130 **시라큐스 안티폴루스** 네, 그게 제 이름입니다.

**안젤로** 압니다, 선생님. 여기 목걸이 있습니다.

저는 포큐파인 식당으로 이것을 갖다 드리러 가는 길입니다. 제 생각보다 완성하는 데 시간이 좀 더 걸렸습니다.

**시라큐스 안티폴루스** 이걸로 뭘 하라고요?

135 **안젤로** 무엇을 하시건, 제가 선생님을 위해 제작한 겁니다.

**시라큐스 안티폴루스** 저를 위해서요? 나는 주문한 적 없어요.

**안젤로** 주문하셨어요. 한두 번이 아니고, 20번이나요. 가지고 가셔서 부인을 행복하게 하시지요. 저는 저녁 시간 때 찾아뵈면 목걸이값을 주셔도 됩니다.

140 **시라큐스 안티폴루스** 지금 받지 않으면, 돈이나 목걸이를 다시는 볼 수 없을 거요.

**안젤로** 선생님 이상한 분이시네요. 안녕히 가세요.

안젤로 퇴장.

**시라큐스 안티폴루스** 이것을 어떻게 생각해야 할지 모르겠네. 내 생각으로는 누군가 이런 아름다운 목걸이를 주는데 제정신인 사람이면 거절할 수 있겠냐는 것이지. 에페수스에서 도둑이 될 필요는 없어. 사람들이 길에서 다가와서 금을 주는군. 시장에서 드로미오를 기다려야지. 떠나는 배가 있으면, 당장 떠나야겠어. 145

그가 퇴장한다.

# 4막

# 1장

두 번째 상인, 안젤로, 그리고 집행관 등장.

**두 번째 상인** 강림절 이후 당신이 진 빚이요. 독촉하지는 않았지만, 지금 페르샤로 떠나는 데 돈이 필요하니 지금 좀 주시오. 지금 지불하지 않으면, 이 양반이 당신을 체포할 것이요.

**안젤로** 안티폴루스 선생이, 내가 당신에게 진 금액만큼 나에게 진 빚이 있소. 내가 당신을 만나기 직전 그에게 목걸이를 하나 주었소. 5시에 그가 나에게 목걸이 대금을 지불하오. 나와 그의 집으로 갑시다. 그러면 빚을 갚고 작별도 합시다.

5

에페수스 안티폴루스와 에페수스 드로미오가 술집에서 나와 등장.

**집행관** 일이 쉽게 되었네요. 여기 그가 옵니다.

**에페수스 안티폴루스** (드로미오에게) 내가 보석상에 간다. 너는 회초리 좀 사와라 — 내 집에 못 들어가게 한 마누라와 공범자들에게 매를 쳐야겠다. 잠깐만! 저기 보석 세공인이 오네. 너는 가거라. 회초리를 사서 가지고 와.

10

**에페수스 드로미오** 회초리를 사오면 수없이 매 맞을 텐데?

에페수스 드로미오 퇴장.

**에페수스 안티폴루스** (안젤로에게) 당신을 믿다니! 목걸이를 가져 오기로 하고, 코빼기도 목걸이도 안 보여! 쇠사슬로 나에게 묶일까 두려운 거요, 안 오게. 15

**안젤로** 농 그만하시고, 여기 청구서 있소. 목걸이 완성품의 무게와 순도가 적혀 있소. 모두 합쳐서 내가 이 상인에게 빚진 금액보다 많은 금화 3냥이요. 이 상인에게 지불해주시오. 그는 여행을 떠나야 하니 돈이 필요하오. 20

**에페수스 안티폴루스** 지금 현금은 없소. 또한, 마을에서 처리할 일이 좀 있소. 선생, 이 사람을 우리 집으로 데려가시오. 목걸이를 가지고 오셔서, 우리 집사람에게 돈 달라고 하시오. 나는 시간 맞춰 도착하리다.

**안젤로** 목걸이는 직접 가져가시게요? 25

**에페수스 안티폴루스** 아니요. 내가 늦을 수도 있소.

**안젤로** 별 문제 없습니다. 목걸이 가지고 계시지요?

**에페수스 안티폴루스** 없소. 선생에게 있지요? 없으면 돈 못 주오.

**안젤로** 이보세요, 목걸이를 저에게 주시죠. 이 신사분이 떠나야 합니다. 지금 바람과 조류가 적당한데, 이 분을 너무 오래 붙들고 있었어요. 30

**에페수스 안티폴루스** 맙소사! 약속하고도 포큐파인 술집에 나타나지 않은 구실을 대는 거요, 지금? 목걸이 가져오지 않은 것을 따졌어야 했었는데, 지금 나하고 싸움하자는 거요?

**두 번째 상인** 지금 늦었어요. 선생님, 빨리 서둘러요. 35

**안젤로** 안티폴루스 선생님, 이 분이 말씀하시는 것 들으셨지요. 목걸이 주세요.

**에페수스 안티폴루스** 목걸이는 내 부인에게 주고 돈 받으세요.

**안젤로** 제기랄! 농담 아니라고요. 목걸이 어디 있어요. 봅시다.

40 **두 번째 상인** 더 기다릴 수 없어요. (안젤로에게) 선생님, 돈 주실 거요? 안 주면 이 사람 경찰에 넘깁시다.

**에페수스 안티폴루스** 돈을 줘요? 뭐 때문에?

**안젤로** 목걸이값으로요!

**에페수스 안티폴루스** 목걸이 받기 전에는 빚진 게 없소.

45 **안젤로** 30분 전에 드렸잖아요?

**에페수스 안티폴루스** 아무것도, 지금 줬다고 나를 속이려고 하네.

**안젤로** 당신이 받지 않았다고 날 속이려 하는군요. 이게 내 장사에 얼마나 나쁜 영향을 주는지 아세요?

**두 번째 상인** 집행관, 이분 고발하니 체포하세요.

50 **집행관** 그러지요. (안젤로에게) 공작의 이름으로, 나에게 복종하시오.

**안젤로** 이건 내 명예를 훼손하는 거요. 안티폴루스 선생, 돈을 지불하시거나 이 집행관에게 체포를 요청하겠소.

**에페수스 안티폴루스** 내가 받지도 않은 목걸이 값을 내? 이 멍청한 양반,

55 어디 한번 해보시지.

**안젤로** 집행관, 여기 집행 수수료 있소— 이 자를 체포해주세요. 나를 이렇게 막 대하니, 내 형제라도 체포하도록 하겠소.

**집행관** 선생, 당신을 체포하오. 당신도 고발 내용을 들으셨지요.

**에페수스 안티폴루스** 보석금 준비될 때까지 응하겠소. 그러나 안젤로 선생,

60 당신 대가를 치를 것이요. 당신 보석가게의 보석 값 모두로요.

**안젤로** 선생님, 에페수스의 모든 법이 제 편입니다. 당신은 분명 곤란해질

것이요.

시라큐스 드로미오 등장.

**시라큐스 드로미오** 주인님, 선주가 승선하는 즉시 출항하는 에피담눔으로 떠나는 배가 있습니다. 짐을 배에 두고 왔습니다. 주인님이 원하시는 오일, 향, 술도 샀고요. 배가 준비되었고, 바람이 불고, 선원들은 선주와 주인님을 기다립니다. 65

**에페수스 안티폴루스** 뭐라고, 이 미친놈! 이 짜증 나는 친구야, 무슨 에피담눔 행 선박이 나를 기다린다고?

**시라큐스 드로미오** 제게 찾아보라고 하신 여기서 출항하는 배를 예약했어요.

**에페수스 안티폴루스** 이 주정뱅이 종놈, 내가 너에게 회초리 사라고 할 일을 말했지 않아. 70

**시라큐스 드로미오** 예, 주인님 ― 저를 매 맞게 보내셨고요, 배를 찾아보라고 항구로 보내셨다고요.

**에페수스 안티폴루스** 나중에 이야기하자. 그리고 말 좀 똑바로 듣는 법을 배워. 아드리아나에게 가, 어서, 이 나쁜 놈아! 마나님에게 이 열쇠를 드려라. 터키 태피스트리로 덮여있는 서랍에 돈이 있다고 해. 나에게 돈을 보내라고 해. 내가 체포되었고 그게 내 보석금이라고 해. 어서, 가라, 이놈아! 돈이 도착할 때까지 감옥으로 갑시다. 75

두 번째 상인, 안젤로, 집행관, 그리고 에페수스 안티폴루스 퇴장.

80 **시라큐스 드로미오** 아드리아나에게? 우리 점심 먹은 곳인데. 그 여인이 내가 남편이라고 했던 곳! 그 여자는 내게 벅찬 여자네. 그러나 내 의지와는 반대로, 가야 한다면, 주인의 말씀을 따라야지.

그의 퇴장.

## 2장

아드리아나와 루시아나 등장.

**아드리아나** 오! 루시아나, 그가 그렇게 유혹했단 말이지? 정색을 하고 말하든? 그래, 안 그래? 얼굴이 상기되었어, 창백했어? 슬펐어, 기뻤어? 가슴 속의 진심이 얼굴에 드러났어? 5

**루시아나** 우선, 형부가 언니는 자격이 없다네.

**아드리아나** 그가 나에게 옳은 일을 한 적이 없다는 말인데, 그게 사실인 걸.

**루시아나** 그는 이곳의 이방인이라네.

**아드리아나** 그것도 사실이야 — 그는 정말 이상하네. 그게 거짓인걸, 이방인이 아니니까. 10

**루시아나** 그리고 간청을 했어.

**아드리아나** 뭘?

**루시아나** 내가 언니를 사랑하라고 했더니만 그 사랑을 나에게 느낀다고. 15

**아드리아나** 어떻게 꼬시든?

**루시아나** 말로 — 진짜처럼 — 나도 감동했다고. 처음, 내 아름다움을 칭송하고, 다음으로 내가 말을 잘한대!

**아드리아나** 너도 맞장구쳤니?

**루시아나** 언니도 참. 20

**아드리아나** 내가 참을 수도 참기도 힘들어. 내 가슴이 답답한 걸 말로 풀어야겠다. 그는 못생기고, 휘었고, 늙고, 시들었다고. 얼굴은

추하고, 몸은 더 추해 — 몸이 온통 통이라고. 그는 사악하고, 저속하고, 멍청하고, 무뚝뚝하고, 불친절해. 그의 몸은 기형이 25 고, 그의 마음은 더 기형이라고.

**루시아나** 언니 왜 그런 인간을 질투해? 사악한 사람 하나 없어져도 아무도 울지 않아요.

**아드리아나** 아! 나는 내 말보다는 더 높이 사니까 — 그리고 나는 다른 년들 눈에 더 못되게 보이게. 나는 침입자를 내 둥지에서 멀어 30 지게 하는 새야. 내 가슴은 그를 연모하고 있어. 내 혀는 그를 저주하지만.

시라큐스 드로미오, 뛰어서 등장.

**시라큐스 드로미오** 여기 열쇠 있어요! 어서 서랍에 가셔서 돈을! 지금! 어서요!

**루시아나** 왜 그리 헐떡거려요?

**아드리아나** 드로미오, 주인님은? 문제가 없냐?

35 **시라큐스 드로미오** 아니요, 지옥보다 더한 곳에 계셔요. 정복을 입은 악마가 그를 체포했어요 — 가슴이 강철보다 더 단단한 자가요. 인정 없고, 거친 악마요 마귀가요. 이리 — 아니 그보다 더 나쁜 가죽옷을 입은 자요. 뒤에서 험담하는 친구인데, 길거리를 돌면서 순찰하는 사람들을 붙잡아서요. 사냥감과 반대 방향으로 달리는 개가 사냥 냄새를 맡으면서 달리고 있어요. 평결이 내려지기도 전에 사람을 체포하게 하는 사람이요.

**아드리아나** 이보게, 무슨 일이야?

**시라큐스 드로미오** 무슨 일인지 모르겠으나, 주인님이 체포되었어요.

**아드리아나** 뭐? 남편이? 누가 그를 체포했다는 말이야?

**시라큐스 드로미오** 누가 그랬는지는 모르지만 그를 체포하게 한 이는 가죽옷을 입고 있어요. 마나님, 보석금을 보내실 건가요? 서랍에 돈요? 40

**아드리아나** 동생, 가져오게.

루시아나 퇴장.

도대체 무슨 일이야. 내가 모르는 빚을 졌다고? 천[15] 조각 때문에 체포된 거야? 45

**시라큐스 드로미오** 천 조각이 아니고요, 보다 강한 거요. 목걸이요, 목걸이! 울리는 소리 들리세요?

**아드리아나** 뭐, 목걸이?

**시라큐스 드로미오** 아니오, 시계 종소리요. 저는 가봐야 해요. 2시 전에 주인님과 헤어졌는데, 지금 1시를 치네요. 50

**아드리아나** 시간이 거꾸로 가나? 그런 거, 들어본 적이 없는데.

**시라큐스 드로미오** 아! 확실하다고요. 시간이라는 빚쟁이[16]가 집행관을 보면, 두려워 돌아서 튄다니까요.

**아드리아나** 시간은 빚지지 않아. 머리가 어떻게 된 거야?

**시라큐스 드로미오** 시간은 항시 파산입니다요. 한 시즌에 다 갚지 못할 만큼 빚을 진다고요. 시간은 도둑이기도 하지요 ― "시간은 도 55

---

15. band는 천, bond(빚)의 뜻.

16. hour는 당시에 ower, whore의 뜻. 경찰을 보면 도망가는 사람들이라는 뜻.

둑처럼 슬슬 간다"는 말 못 들으셨어요? 시간은 빚쟁이고 도둑이라고요. 집행관이 오면, 시간은 한 시간 앞으로 간다고요.

루시아나가 돈이 가득 든 지갑을 가지고 돌아온다.

**아드리아나** 드로미오, 돈 여기 있어. 주인님에게 가져가서 당장 집으로 모셔오게. 이봐, 동생, 내 상상이 지나치나 봐. 위안이 되기도 하고, 불안하기도 하고.

60

두 사람 퇴장.

## 3장

시라큐스 안티폴루스 등장.

**시라큐스 안티폴루스** 길에 만나는 사람마다, 내 이름 부르면서, 친구처럼 인사하네. 어떤 이는 내게 돈을 주고, 어떤 이는 내가 한 일에 대해 고맙다고 하고, 어떤 이는 나에게 물건을 팔려 하고. 지금 막 재단사가 천을 보여주면서 내 몸의 치수를 재네. 이 모두 상상의 장난인가, 이 도시는 마술사들로 가득 찼군. 5

시라큐스 드로미오 등장.

**시라큐스 드로미오** 주인님, 여기 돈이요. 아담[17]처럼 가죽옷 입은 집행관을 따돌렸나요?

**시라큐스 안티폴루스** 이 금화는 뭐지? 아담이라니?

**시라큐스 드로미오** 에덴 동산의 아담이 아니라, 감옥소 아담 말이요, 아담처럼 가죽만 입은, 주인님을 붙잡아 체포한 사람이요. 10

**시라큐스 안티폴루스** 무슨 말인지 모르겠네.

**시라큐스 드로미오** 모르다니요, 너무 뻔한 말을. 가죽 케이스에 담긴 첼로처럼 생긴 아담이요. 피곤한 사람들을 체포하는 이, 파산한 사람들에게 새 옷 — 죄수복을 주는 사람 말이에요. 창 든 군

---

17. 아담은 옷을 입지 않았다. 즉 가죽, skin만 입었다는 뜻. 간수가 가죽옷을 입은 것을 뜻함.

15 인보다 방망이를 들고 더 큰 타격을 주는 사람이요.

**시라큐스 안티폴루스** 집행관 말이냐?

**시라큐스 드로미오** 네, 네, 간수요. 빚 못 갚으면 잡아가는 이요. 잡혀 가면, "푹 썩으세요"라고 말하는 이요.

**시라큐스 안티폴루스** 이봐요, 선생, 농 그만하시지. 오늘 출항하는 배 있

20 느냐? 떠날 수 있어?

**시라큐스 드로미오** 주인님, 한 시간 전에, 엑스페디션 호가 오늘 밤 출항한다고 말씀드렸잖아요. 그런데, 집행관이 주인님을 체포했었고, 딜레이라는 작은 보트를 타려고 기다리시기로 결정하셨잖아요? 부탁한 보석금 여기 있어요.

25 **시라큐스 안티폴루스** 이 친구가 미쳤거나 내가 미친 게지. 우리 지금 꿈나라 와 있나? 누구 우리 좀 이곳을 떠나게 해주시오!

술집여주인 등장.

**술집여주인** 반가워요, 안티폴루스 선생님. 보석세공사 만나셨지요. 목에 차진 그 목걸이가 제게 주시기로 한 건가요?

**시라큐스 안티폴루스** 사탄아! 썩 꺼져라! 날 유혹하지 마라!

30 **시라큐스 드로미오** 주인님, 이 여자가 사탄의 정부인가요?

**시라큐스 안티폴루스** 악마야.

**시라큐스 드로미오** 아니, 더 나쁜 년이요. 그녀는 악마의 어머니요. 창녀로 꾸미고 우리에게 나타난 거요. 그래서 어떤 여인들은, "나를 헤픈 창녀로 만들어 주시길."이라는 말을 하는 것처럼, "나를

35 욕해주시오."라고 말하는 여자들과 같아요. 성서에는 악마가

빛의 천사와 같다고 해요. 그러나 불도 빛은 내고, 불은 사람을 태워요. 다시 말해서 헤픈 창녀가 사람을 태운다고요. 이 여자를 멀리하세요.

**술집여주인** 선생님, 당신과 하인이 웃기네요. 따라오세요. 우리 점심을 마저 마칩시다. 40

**시라큐스 드로미오** 주인님, 같이 식사하시려면, 긴 수저가 필요하네요.

**시라큐스 안티폴루스** 왜, 드로미오?

**시라큐스 드로미오** 속담에도 있듯이, "악마와 식사할 때는 아주 긴 수저가 필요하다."는 말 있잖아요? 그런 여자들과 멀리하세요.

**시라큐스 안티폴루스** (술집여주인에게) 이 악마야! 꺼져! 식사 이야기를 했지? 너는 마녀다, 여기 모든 사람들처럼. 마술처럼, 비는데, 어서 꺼져라. 45

**술집여주인** 점심 때 드린 반지 돌려주세요. 아니면 대신 주시기로 한 목걸이 주세요. 그러면, 선생님, 방해하지 않고 가지요.

**시라큐스 드로미오** 어떤 악마는 손톱 깎은 것, 머리 한 올, 피 한 방울, 바늘 하나, 밤 한 알, 버찌 씨 하나 외에 아무것도 요구하지 않아요. 그런데 목걸이를 요구하다니. 주인님, 조심하세요. 목걸이를 주면, 성서 속 천사처럼, 체인을 흔들어[18] 우리를 놀라게 할 거예요. 50

**술집여주인** 이보세요, 반지를 주시거나 목걸이를 주세요. 저를 속일 생각 마세요. 55

---

18. 요한 계시록 20:1에서 한 천사가 악마를 묶기 위해 체인을 가지고 하늘에서 내려온다.

**시라큐스 안티폴루스** 어서 꺼져, 이년아! 드로미오, 가자.

**시라큐스 드로미오** 우리 더러 사기 친다고 하면, 거만한 공작 수컷이 다른 사람더러 거만하다고 하는 것 마찬가지지요. 여인이시여, 이제 알겠소.

시라큐스 안티폴루스와 시라큐스 드로미오 퇴장.

60 **술집여주인** 안티폴루스가 미친 게 분명해. 그렇지 않고야 이렇게 행동하지 않지. 그 사람이, 나에게 목걸이를 주겠다고 하면서, 내 40두캇 나가는 반지를 가져갔는데, 이제 아무것도 안 주겠다고 하다니. 그가 미친 것이 분명한 게, 이상한 행동 외에도, 자기 집 문밖에서 점심도 못 먹고 쫓겨나갔다는 엉뚱한 말을 안 하나? 부인이 이런 발작을 알고 일부러 그러는 게지. 그의 집에 65 가서 미친 사람처럼 식당에 쳐들어와서 내 반지를 훔쳐갔다고 부인에게 알려야지.

그녀 퇴장.

## 4장

에페수스 안티폴루스가 집행관과 등장.

**에페수스 안티폴루스** 걱정마시오, 양반, 내 도망치지 않아요. 석방할 때가 되면, 체포 보석금을 지불하리다. 오늘 내 마누라의 기분이 나빠요. 전령이 내가 체포되었다고 의심할 거요. 이 이야기 들으면 화날 거요.

긴 회초리를 들고 에페수스 드로미오 등장.

내 하인이요. 아마 돈을 가져 왔을 거요. 어이, 양반! 내 부탁한 것 가지고 왔소? 5

**에페수스 드로미오** 그럼요. 이 회초리면 누구나 벌벌 떨거든요.

**에페수스 안티폴루스** 돈은?

**에페수스 드로미오** 주인님, 회초리 사는 데 썼지요.

**에페수스 안티폴루스** 이 멍청한 놈아! 회초리 하나에 500 두캇을 지불해? 10

**에페수스 드로미오** 그만한 돈이면 회초리 500개를 살 수 있지요.

**에페수스 안티폴루스** 왜 내가 너를 집에 보냈는데?

**에페수스 드로미오** 회초리 가져오라고요. 여기 있잖아요?

**에페수스 안티폴루스** 그 회초리로 네놈을 환영해주마.

(에페수스 드로미오를 때린다.)

15 **집행관** 선생님, 진정하세요.

**에페수스 드로미오** 당신은 진정하라고 말할지 모르지만, 고통받는 사람은 나요.

**집행관** 말을 조심하게.

**에페수스 드로미오** 아니지요. 그에게 손을 멈추라고 하시지요.

**에페수스 안티폴루스** 개 같은 놈, 무감각한 불한당 같은 놈!

20 **에페수스 드로미오** 제발 제가 무감각했으면 좋겠어요. 매가 아프지 않게.

**에페수스 안티폴루스** 네가 느끼는 게 주먹뿐이냐. 나귀처럼.

**에페수스 드로미오** 정말이지, 나귀가 되었네요. 제 긴 귀를 보세요. 나는 태어나서 지금까지 이분을 모셨는데, 얻는 것이라고는 얻어터져 상처뿐이라니. 내가 차가우면, 그의 매타작이 나를 따뜻하게 하겠지만, 나는 지금 뜨거우니, 매가 차갑네요. 그는 나를 매로 깨우고, 매로 세우고, 매로 집에서 내보내고 매로 환영합니다. 나는 정말이지 거지 여인이 아기를 등에 업고 돌아다니는 것처럼 나를 매로 두들겨 세웁니다. 내가 병신이 되면, 상처를 보여주고 구걸하겠습니다.

30 **에페수스 안티폴루스** 이걸로 충분하다. 내 마누라 오고 있으니.

아드리아나, 루시아나, 술집여주인, 그리고 학교장, 핀치 등장.

**에페수스 드로미오** 마나님, 끝이 가까워요 — 사망이 두려워요! 아니면 앵무새의 "로프 끝을 조심하라"는 말처럼, 교수형을 조심하세요.

**에페수스 안티폴루스** 계속 지껄일 것이냐? (에페수스 드로미오를 친다.)

**술집여주인** 어떠세요. 남편이 미친 거지요?

**아드리아나** 그 이상한 행동을 보니 그런 것 같아요. 핀치 박사님, 선생님은 악령을 쫓는 전문가시죠. 정신이 들게 좀 해주세요. 돈은 얼마든지 드릴게요. 35

**루시아나** 아! 얼마나 격정적으로 화난 표정인가!

**핀치** 손 좀 주시오. 맥박을 재게.

**에페수스 안티폴루스** 내 손 여기 있소. 귀로 재시오. (핀치를 후려친다.) 40

**핀치** 사탄아! 너는 이 사람 속에 사는구나! 내 기도로 이 몸에서 썩 나가서 네가 온 어둠 속으로 당장 돌아가라. 하늘에 계신 성인들의 이름으로 기도하노라.

**에페수스 안티폴루스** 닥쳐, 이 늙어빠진 마법사야. 나는 제정신이다.

**아드리아나** 아! 불쌍한, 놀란 영혼이여, 제정신이길 빕니다. 45

**에페수스 안티폴루스** 이봐, 이 여자야, 이 사람은 당신 고객 중 하나야? 이 노란 얼굴을 한 멍청한 놈이 오늘 내 집에서 떵떵거리며 잔치를 벌인 거야, 내 면전에 내 집 문을 걸어 잠그고.

**아드리아나** 여보, 하느님, 맙소사! 당신 집에서 점심을 드셨지 않았어요? 당신이 어디에 계셨겠어요, 아니면 이 스캔들과 이 난처한 일을 피할 수 있겠어요? 50

**에페수스 안티폴루스** 집에서 식사하다니? 이보게, 어떻게 말해보게.

**에페수스 드로미오** 주인님, 명세하건대, 집에서 식사하지 않았어요.

**에페수스 안티폴루스** 대문이 걸어 잠겨서 밖에 있었다고.

**에페수스 드로미오** 정말, 대문이 걸어 잠겨서 밖에 있었죠. 55

**에페수스 안티폴루스** 나에게 고함질렀지?

**에페수스 드로미오** 거짓이 아니요. 그에게 고함질렀어요.

**에페수스 안티폴루스** 그녀의 요리사가 고함지르고, 조롱하고, 나를 비웃었지?

**에페수스 드로미오** 그럼요. 부엌데기가 주인님을 조롱했어요.

60 **에페수스 안티폴루스** 화나서 떠났지?

**에페수스 드로미오** 그럼요. 제 몸이 주인님의 분노를 느꼈지요. 보증합니다.

**아드리아나** (핀치에게) 그의 거짓에 동의하여 마음을 가라앉혀 볼까요?

**핀치** 좋은 생각이요. 여기 하인이 동감을 표하는 것이 그의 분노를 잠재우기 좋은 것이란 걸 보여주었소.

65 **에페수스 안티폴루스** (아드리아나에게) 보석 세공인을 매수하여 나를 체포하려고 했지.

**아드리아나** 맙소사, 제가 당신 보석금을 보냈다고요. 돈을 드로미오에게 주었고, 그는 급히 갔다고요.

**에페수스 드로미오** 제게 돈을요? 아마, 그녀는 기도는 했는지 몰라도, 주

70 인님, 티끌 한 푼 주지 않았습니다요.

**에페수스 안티폴루스** 돈이 가득 든 지갑을 가지러 그녀에게 갔었나?

**아드리아나** 그랬지요. 나는 돈을 그에게 주었어요.

**루시아나** 저도 보았어요.

**에페수스 드로미오** 나는 회초리를 구하라는 심부름 갔었다고요. 하느님

75 과 회초리 만드는 사람이 제 증인이에요.

**핀치** 마나님, 저 남자와 하인 둘 다 귀신에게 홀렸어요. 얼굴색이 죽음처럼 창백하지 않아요. 묶어서 어두운 방에 놓아둡시다.

**에페수스 안티폴루스** (아드리아나에게) 왜 나를 문밖에 세워두었지, 말해 봐

80 요! (에페수스 드로미오에게) 너는 왜 금화를 받지 않았다고 하느냐?

**아드리아나** 사랑하는 남편이여, 당신을 밖에 세워두지 않았어요.

**에페수스 드로미오** 그리고 관대하신 주인님, 저는 금화를 받은 적이 없어요. 그렇지만, 우리가 밖에 있었다는 것은 인정해요.

**아드리아나** 이 거짓말쟁이! 두 가지 다 거짓말이라고.

**에페수스 안티폴루스** 이 거짓말쟁이 년! 네가 말하는 건 모조리 거짓이야. 못된 놈들하고 짜고, 나를 속이려 들다니. 치욕을 당하느니 이 손가락으로 내 눈을 뽑겠다. 85

3-4명의 남자들이 들어와서 에페수스 안티폴루스를 제압하려 한다.
그는 그들과 엎치락뒤치락한다.

**아드리아나** 묶어라, 묶어! 나에게 가까이 못 오게 해라!

**핀치** 도움이 더 필요하오. 그의 속에 악령이 강해!

**루시아나** 불쌍한 형부! 참으로 창백하고 힘이 없는 표정이네! 90

**에페수스 안티폴루스** 날 죽일 셈이냐? 간수, 나는 당신의 죄수요. 당신이 나를 탈옥시키려 하시오?

**간수** 여러분, 그를 풀어주시오. 그는 나의 죄수이니 그를 데리고 갈 수 없소.

**핀치** 하인도 묶어라. 그도 미쳤다. 95

남자들이 에페수스 드로미오를 묶는다.

**아드리아나** 이 어리석은 간수 양반, 무슨 짓이요? 병든 사람이 자신을 헤치는 걸 보고 일종의 쾌감을 느끼시오?

**간수** 그는 나의 죄수이요. 놓아주면 내가 보석금을 지불해야 합니다.

100 **아드리아나** 내가 지불하겠어요. 남편이 빚진 남자에게 데려다주세요. 무슨 빚인지 확인하고 지불하리다. 핀치 박사님, 하인을 집으로 옮기세요. 뼈 꼴 빠지는 날이네!

**에페수스 안티폴루스** 지독한 여자네!

**에페수스 드로미오** 주인님, 주인님 때문에 제가 묶였습니다요.

**에페수스 안티폴루스** 입 닥쳐라, 이놈아! 왜 날 자극하느냐?

**에페수스 드로미오** 주인님은 이유도 없이 묶이고 싶으세요? 주인님, 정신 차리세요. "악령아, 나가라!" 소리치세요.

**루시아나** 맙소사! 불쌍한 것들 — 참 이상한 이야기들을 하시네!

**아드리아나** 그를 데리고 나가시오. 동생, 같이 가.

핀치와 남자들이 에페수스 안티폴루스와 에페수스 드로미오를
무대 밖으로 이끈다.

110 자, 말해보시오. 누가 남편을 체포하게 했나요?

**간수** 안젤로 보석 세공인이요. 그를 아시오?

**아드리아나** 알지요. 얼마 빚졌죠?

**간수** 200 두캇.

**아드리아나** 무엇에 대한 것이에요?

115 **간수** 남편이 주문한 목걸이에 대한 값이요.

**아드리아나** 남편이 나에게 목걸이를 사준다고 했는데 본 적은 없어요.

**술집여주인** 오늘 당신 남편이 내 식당에 격노해서 왔어요. 그리고, 내 손에 낀 반지를 보더니 그 반지를 가져갔죠. 그 다음에, 나는 목

걸이를 한 남편을 보았죠.

**아드리아나** 아마 그럴 거예요. 그러나 나는 아직 못 보았어요. 간수 양반, 나를 보석 세공인에게 안내해주시죠. 진실이 뭔지 모두 밝혀야지. 120

시라큐스 안티폴루스가 뒤에 시라큐스 드로미오를 데리고,
칼을 뽑아 들고 들어온다.

**루시아나** 맙소사! 그들이 도망쳤네요!

**아드리아나** 칼까지 뽑아 들고! 사람들을 불러 다시 포박해야겠어!

**간수** 벗어납시다! 우리를 죽이려 합니다! 125

겁에 질려서, 아드리아나, 루시아나, 간수, 그리고 술집여주인이
쏜살같이 달려서 무대 밖으로 도망친다.

**시라큐스 안티폴루스** 마녀들이 칼을 두려워하는군.

**시라큐스 드로미오** 부인이라고 주장하는 여자도 마찬가지로 도망치네요.

**시라큐스 안티폴루스** 센토 여인숙으로 가서 우리 짐 챙기자. 지금 배에 승선해 있었으면 참 좋겠네.

**시라큐스 드로미오** 주인님, 오늘 밤 여기서 머물지요. 아무도 우리를 해치지 않을 거예요. 모두 우리에게 너무 친절하고 길에서 금도 주고요. 나와 결혼하겠다는 그 거대한 산 같은 멍청한 년만 아니면, 이 도시는 정말 친절해서 가슴 속으로는 이곳에 머물러서 나 자신도 마법사가 되고 싶네요. 130

**시라큐스 안티폴루스** 나는 어느 누구도 만나고 싶지 않아서 오늘 밤 여 135

기에 머물 수 없어. 가서 물건 챙겨 배로 가자고.

두 사람 퇴장.

# 5막

## 1장

두 번째 상인과 안젤로 등장.

**안젤로** 지체케 해서 미안합니다. 그러나 그는 부정하지만, 그가 나에게서 목걸이를 가져갔습니다.

**두 번째 상인** 이 도시에서 그분 명성은 어떻소?

**안젤로** 매우 높지요. 상인들은 외상을 무한정 줍니다. 이 도시에서 가장
5 사랑받는 사람이지요. 내가 가진 모든 것을 맡길 수 있어요.

**두 번째 상인** 조용히 하시오. 그 사람 이리 오고 있어요.

시라큐스 안티폴루스와 시라큐스 드로미오가 들어온다.

**안젤로** 맞아요. 그의 목에 찬 목걸이는 그가 소유한 것이 아닌 것이요! 선생님, 내 옆에 좀 가까이 오시지요. 내가 그에게 말을 걸지요.
10 안티폴루스 선생님, 선생님이 저를 이런 수모와 곤경을 겪게 하시다니요. 더구나 당신 자신에게도 스캔들을 일으키시고요. 당신은 내가 당신에게 그 목걸이를 준 적이 없다고 하셨는데, 지금 당당하게 차고 계시네요. 당신의 거짓말은 비용, 수치, 투옥을 초래할 뿐 아니라 내 이 정직한 친구를 욕보인 것입니다.
15 이 분쟁만 없었어도, 지금쯤 돛을 올리고 출항했을 겁니다. 당신이 제게서 그 목걸이를 받았지요? 부정하시겠습니까?

**시라큐스 안티폴루스** 당신에게 받았지 — 내가 그것을 부정한 적은 없소.

**두 번째 상인** 선생님, 부정하셨어요. 맹세도 하셨고요.

**시라큐스 안티폴루스** 누가 그 말을 들었지요? 20

**두 번째 상인** 내 두 귀로요. 당신도 아시잖아요. 빌어먹을! 이 정직한 모든 이들과 거리를 활보하다니 수치요.

**시라큐스 안티폴루스** 이런 말을 나에게 하다니 당신 무례하오. 내가 정직하고 명예로운 사람인 것을 증명하면 당신은 자신을 변호해야 할 것이요. 25

**두 번째 상인** 그러지요. 당신은 무례한 사람이라고 말하겠소.

두 사람 칼을 뽑는다.
아드리아나, 루시아나, 술집여주인, 그리고 다른 사람들이 들어온다.

**아드리아나** (두 번째 상인에게) 기다리세요. 제발, 그를 다치게 하지 마세요. 그는 미친 사람이에요. 누가 접근해서 칼을 빼앗아요. 드로미오도 묶어서 우리 집으로 데려가세요.

**시라큐스 드로미오** 주인님, 달려요. 달아납시다. 숨을 집을 찾았네요. 수녀원 같은데요, 잡히면 끝장이에요. 30

시라큐스 안티폴루스와 시라큐스 드로미오가 수녀원으로 나간다.
수녀원장이 들어온다.

**수녀원장** 조용히 하세요, 여보시요! 왜 이렇게 무리 지어 들어오신 거요?

**아드리아나** 저의 불쌍한, 미친 남편을 여기서 꺼내려고요. 들어가게 해 주세요. 꽁꽁 묶어서 집에 데려가 치료하게요. 35

**안젤로** (두 번째 상인에게) 제정신이 아니었지요?

**두 번째 상인** (안젤로에게) 이제 생각하니 그에게 칼을 뽑은 것이 미안하군요.

**수녀원장** 미친 짓 한지 얼마나 되었나요?

40 **아드리아나** 이번 주에는 슬퍼하고, 변덕스럽고, 우울해서 평소와 달랐어요. 그렇지만 오늘 오후까지만 해도 이렇게 폭력적이지는 않았어요.

**수녀원장** 배가 난파되어 손해를 많이 보았나요? 친한 친구가 죽었나요? 다른 여자와 사랑에 빠졌나요? 젊은이들은 쉽게 한눈을 팔기

45 때문에 바람이 자주 납니다. 이 중, 어떤 일이 생겼나요?

**아드리아나** 마지막 것 외에는 해당이 없어요. 사랑에 빠져서, 집을 자주 비워요.

**수녀원장** 꾸중을 하셨어야지요.

50 **아드리아나** 그랬죠.

**수녀원장** 네, 그러나 아주 엄하게 하시지 않으셨군요.

**아드리아나** 숙녀로서 최대로 엄하게요.

**수녀원장** 혼자 있을 때 꾸짖으셨나요?

**아드리아나** 다른 사람들 앞에서도요.

55 **수녀원장** 잘 하셨어요. 그러나 충분치 않았나 보죠.

**아드리아나** 우리가 이 문제만 이야기했어요. 밤새 이야기했어요. 식사 때도요. 우리들만 있을 때 이 이야기만 했어요. 다른 사람들과 있을 때도 기회만 있으면 했어요. 제가 한 모든 것은 그게 얼마나 고통스럽고 나쁜지 이야기했어요.

60 **수녀원장** 그래서 미친 겁니다. 질투하는 여인의 독이든 고함은 광견병에

걸린 개가 무는 것보다 더 위험해요. 당신의 불평으로 잠을 못 자서 정신이 혼미해진 겁니다. 그의 음식에 고함으로 양념을 치신 거라고요. 식사 때 스트레스는 소화불량을 초래하고, 그게 높은 열이 나게 한 거고요. 아시다시피, 열병은 광인 병의 일종입니다. 그 사람과 다툼이 즐거움을 앗아갔고, 사람들은 65
즐거움이 없으면, 우울해져서 변덕스럽고 무디어 지지요 – 우울해지고 웃음을 잃고 슬퍼합니다. 다음은 아시는 대로, 모든 종류의 병이 도져요. 식사를 망치고, 그의 즐거움, 그의 잠을 빼앗으면, 사람이나 짐승이나 미치게 됩니다. 제 말은 당신의 질투가 그를 미치게 만들었다는 겁니다. 70

**루시아나** 형부가 가장 나쁘고 거칠게 대해도 꾸짖을 때 언니는 항상 부드럽게 했어요. (아드리나에게) 이 수녀원장에게 왜 그냥 듣고 만 계세요?

**아드리아나** 그녀는 나의 결점을 보게 하는구나. 자, 어서 들어가 붙들자꾸나. 75

**수녀원장** 아무도 내 수녀원에 들어갈 수 없소!

**아드리아나** 그러면 사람을 시켜 데리고 나오게 하시지요.

**수녀원장** 안 돼요. 이곳은 성역이고, 성역은 그를 보호합니다. 내가 내 능력껏 정신이 돌아오게 해보지요. 80

**아드리아나** 내 남편을 보살피고 치료하는 곳은 우리 집입니다. 제 의무일 뿐이에요. 데려가게 해주세요.

**수녀원장** 참으시죠. 내가 모든 방법으로 치료할 때까지는 놓아줄 수 없어요. 건강에 좋은 음식, 약, 기도로써, 그가 다시 완전해지게

85 해보지요. 치료는 내 성스런 일의 부분이고 전부입니다. 이런 자선적 임무는 성직이 행하는 일입니다. 그러니, 떠나세요. 그를 나에게 맡기세요.

**아드리아나** 나는 남편을 여기에 두고 떠날 수 없어요. 부부를 떼어 놓는 것은 성직자가 할 일이 아닙니다.

90 **수녀원장** 조용히 하시고 떠나시오. 남편을 데리고 갈 수 없소.

수녀원장 퇴장.

**루시아나** 공작에게 가서 불만을 제기합시다.

**아드리아나** 같이 가세. 내가 공작 발아래 엎드리고, 누워서 그가 여기 와서 남편이 이 수녀원을 떠날 때까지 애걸복걸해보세.

**두 번째 상인** 이제 거의 5시. 공작이 이곳을 지나갈 때가 되었소. 그는

95 항시 사형수들이 처형되는 우울한 곳으로 가면서 여길 지나가요. 그곳이 이 수녀원 뒤에 있어요.

**안젤로** 오늘은 왜 거기 가지요?

**두 번째 상인** 시라큐스에서 온 한 장년의 불행한 상인이 법을 어기고 에페수스에 온 것 때문에 참수당하는 것을 보려고요.

100 **안젤로** 여기 오시네. 처형을 보러갑시다.

**루시아나** 수녀원을 지날 때 공작에게 무릎을 꿇고 예를 표하세요.

공작이 대머리 에지온과 들어온다. 사형집행인과 다른 간수들이 따른다.

**공작** 다시 대중에게 공표한다. 누군가 이 사람의 보석금을 내면,

그는 죽음을 면한다. 우리는 그를 소중히 여기기 때문이다. 105

**아드리아나** 공작님, 수녀원장이 저에게 부당한 일을 하였습니다. 정의를 되찾아 주시기를 간청합니다.

**공작** 수녀원장은 의롭고 성스런 여인이요. 당신에게 부당한 일을 할 리가 없소. 110

**아드리아나** 공작님, 전하께서 저를 제 남편 안티폴루스에게 소개하셔서 결혼하게 하셨습니다. 오늘 비참하게도, 그의 가장 몹쓸 광기가 도졌습니다. 그는 미쳐서, 남편만큼이나 같이 미쳐 날뛰는 하인 놈과 함께, 길거리를 질주했습니다. 그는 시민들 집에 들어가 반지며, 보석이며, 무엇이건 마음에 들면 빼앗아서 시민 115 들을 격노케 했습니다. 한순간에는, 그가 초래한 혼란을 바로잡을 수 있도록 묶어서 집으로 데려가려고 했습니다. 그러나 어떻게 된 것인지, 경비병을 따돌렸습니다. 그리고 그는 그의 미친 하인과 함께 칼을 뽑아 들고 우리를 쫓아왔습니다. 우리는 더 많은 사람들을 모아서 그들을 잡으러 왔는데, 수녀원으 120 로 도망쳤습니다. 안으로 들어가려고 하니까 수녀원장이 가로막았습니다. 들어가지도 못하게 하고, 그들을 돌려주지도 않습니다. 그러니, 자비로우신 공작님, 수녀원장에게 명령을 내리시여, 우리가 남편을 돕도록 해주시길 간청합니다. 125

**공작** 부군은 내가 오래전에 이끌었던 전쟁에서 군인이었지요. 당신이 그와 결혼해서 침실의 주인으로 섬길 때, 나는 그를 위해 내가 할 수 있는 일을 모두 해주겠다고 약속했소.

(부하들에게) 가서 문 두들기고 수녀원장을 나오게 하여 이야기 좀

130 하자. 내가 지나가기 전에 문제를 해결하겠다.

**전령** 마나님, 빨리 뛰세요. 위험해요. 주인님과 하인이 도망쳤어요. 그들이 하녀들을 두들겨 패고, 핀치 박사님을 묶었어요. 그리고 턱수염에 불을 붙이고 불을 끄려고 오줌을 뿌렸어요. 주인님은 의사한테 가만있으라고 말하고, 그의 종은 의사의 머리를 괴상

135 하게 깎았어요. 사람을 보내지 않으면, 핀치 박사를 죽일 거예요.

**아드리아나** 닥쳐라, 이 멍청한 놈! 주인님과 하인은 여기 있다. 거짓말 말아!

**전령** 마나님, 진정코 사실입니다요. 조금 전 일입니다요. 당신을 찾아 고

140 래고래 고함을 치면서, 잡히기만 하면 얼굴을 지져 망가트리겠다고 하고 있어요.

고함소리가 무대 밖에서 들린다.

들어보세요! 마나님, 그의 목소리예요. 빨리 여기서 도망치세요!

**공작** (아드리아나에게) 내 가까이 오시오. 두려워 말아요. (부하들에게) 모두, 방

145 어태세!

에페수스 안티폴루스와 에페수스 드로미오 등장.

**아드리아나** 아! 제 남편이에요. 보세요, 그가 투명인간이 되었어요! 바로 지금 여기서 수녀원으로 놓쳤다고요. 이제 저기 있네요. 도저히 이해가 되지 않습니다.

**에페수스 안티폴루스** 정의롭고, 자애로운 공작님! 저에게 정의로운 결단을 내려주세요. 저는 오래전에 공작님에게 봉사했습니다. 함께 150
전장에서 싸웠고, 공작님을 구하기 위해 깊은 상처를 입었지요. 그때 흘린 피의 대가로 이제 저에게 정의를 내려주소서.

**에지온** (스스로에게) 죽음의 두려움 때문에 병약해서인지 모르나, 내 눈에는 내 아들 안티폴루스와 드로미오가 보이네.

**에페수스 안티폴루스** 자비로운 왕자 전하, 거기 여인에게서 정의를 원합 155
니다. 왕자께서 저와 결혼하게 하신 저 여인이 나를 학대하고, 저의 명예를 실추시키고, 극악무도한 일을 저지르고 있습니다. 나에게 쌓아 올린 악담은 상상을 초월합니다.

**공작** 차근차근히 설명해보시오. 나는 공평하오.

**에페수스 안티폴루스** 오늘, 위대하신 공작님, 그 여자가 나를 문밖에 세 160
워두고 창녀들과 잔치를 벌였고요.

**공작** 지독하군! (아드리아나에게) 여인이여, 그렇게 하였소?

**아드리아나** 선량하신 공작님, 천부당만부당하옵니다. 저는 저 사람과 제 여동생과 함께 식사를 했습니다. 이 비난이 사실이면, 제 영혼은 천벌을 받지요! 165

**루시아나** 언니가 거짓말을 한다면, 저는 밤과 낮 가리지 않고 다시는 잠을 자지 않겠나이다.

**안젤로** 아! 거짓말쟁이 여인이군! 둘 다 거짓말입니다. 저 미친 사람 말이 맞아요.

**에페수스 안티폴루스** 공작이시여, 저는 제 말이 진심임을 압니다. 술이 170
취한 것도 아니며, 분노로 실성한 것도 아닙니다 — 비록 오늘

제가 당한 것은 누구든 실성케 할 만한 일이긴 합니다. 하지만 이 여인이 오늘 점심 때 저를 내 집 밖에 세워두었습니다. 만약 저 보석 세공인이 저 여인과 음모를 꾸미지 않았다면, 그는 저와 함께 있었기 때문에 제 말이 진심임을 증명할 수 있었을 겁니다. 그는 목걸이를 가지러 갔고, 포큐파인 술집으로 가져오기로 약속했습니다. 거기서 저는 발타자와 기다리고 있었지요. 그가 저녁이 끝나도 오지 않아서 그를 찾아 나섰지요. 나는 길에서 그를 만났고, (손가락으로 두 번째 상인을 가리킨다.) 그는 저 사람과 같이 있었습니다.

그때 이 거짓말쟁이 보석 세공인은, 하느님 맙소사! 그가 주지도 않은 목걸이를 제게 주었다고 하는 것이에요. 그는 나를 체포하게 하였고, 저는 집행인과 함께 갔었지요. 저는 하인에게 보석금을 가져오라고 집으로 보냈습니다. 제 하인은 빈손으로 나타났습니다. 저는 집행인에게 우리 집으로 가자고 간청했습니다. 가는 길에, 제 부인, 처제, 이 악당들을 만난 겁니다.

그들 중 하나가 핀치라는 사람인데, 배고픈 표정에 얼굴이 홀쭉한 악당인데, 해골 같고, 사기꾼 같고, 남루한 마술사나 점쟁이 같고, 걸어 다니는 송장 같아요. 그는 무당행세를 하면서, 내 눈을 들여다보고 맥박을 짚었습니다. 여윈 얼굴이 내 얼굴을 째려보면서, 제가 악령에 홀렸다는 겁니다.

그런 다음 저를 몰매를 때리고, 묶어서, 데리고 가더니, 제 집의 어둡고 습기 찬 지하실에 두었습니다. 그들은 저와 제 하인을 같이 묶어서 거기에 두었지요. 결국 저는 이로 로프를 끊고 나와서 즉시, 전하를 찾아 뛰어온 것입니다. 제발, 청컨대, 제가 겪은 엄청난 고통과 지독한 수모에 대해 정의로운 판결을 해주시길 간청합니다. 200

**안젤로** 전하, 이것만은 확실합니다. 그는 그의 문밖에서 집안으로 들어가지는 못했었고, 점심도 거기서 먹지 못했습니다.

**공작** 그러면 그가 당신에게서 목걸이는 받았소?

**안젤로** 그럼요, 공작님. 그리고 그가 이곳으로 뛰어올 때, 모든 사람들이 그가 목걸이를 차고 있었던 것을 보았습니다. 205

**두 번째 상인** 또한, 저도 맹세코 당신이, 시장에서는 받지 못했다고 말했지만, 목걸이를 받았다고 고백한 것을 확인합니다. 그때 저도 당신을 상대로 칼을 뽑았지요, 그리고 당신들은 이 수도원으로 도망쳤지요 — 그런데, 당신들은 어떤 술수로 이곳에서 도망을 쳤음에 틀림이 없어요. 210

**에페수스 안티폴루스** 저는 이 수녀원에 들어간 적이 없어요. 그리고 당신은 나에게 칼을 뽑은 적도 없고. 나는 결코 목걸이를 보지 못했습니다. 결단코요! 제게 비난을 하는 모든 것은 거짓입니다.

**공작** 아! 참 복잡하기도 하네! 당신 모두를 동물들로 바꾸는 어떤 마약을 마신게로군. (아드리아나에게) 당신이 그를 수녀원으로 몰아넣었다면, 그는 안에 있어야 하오. 그가 실성했다면, 그는 이렇게 논리적으로 간청하지는 못할 것이요. 당신은 그가 집에서 식사를 했다고 하지만, 보석 세공인은 그가 그렇지 않다고 하네요. 하인, 당신은 어떻게 생각하오? 215 220

**에페수스 드로미오** 공작님, 포큐파인 술집에서 이 여인과 식사를 했습죠.

**술집여주인** 그는 저와 식사를 했었고, 내 손가락에서 제 반지를 낚아채 갔습니다.

**에페수스 안티폴루스** 그건 사실입니다. 제가 그녀에게서 반지를 가져갔습니다.

225 **공작** 당신은 그가 수녀원에 들어가는 것을 보았소?

**술집여주인** 제가 공작님을 보는 것처럼 똑똑히요, 공작님.

**공작** 이것 참 이상하군. 수녀원장을 불러내시오. 당신들 모두 혼이 나간 사람들이거나 진짜 미친 사람들 같소.

어떤 이가 수녀원장을 데리러 나간다.

**에지온** 지엄하신 공작님, 제가 감히 한 말씀 드릴까 합니다. 저의 보석금
230 을 지불하고 저를 풀어줄 친구를 만난 듯합니다.

**공작** 시라큐스 인이여, 원하는 대로 하시오.

**에지온** (에페수스의 안티폴루스에게) 그대 이름이 안티폴루스 아니신가? 거긴 저분과 함께 묶인 드로미오고?

**에페수스 드로미오** 선생님, 저는 한 시간 전에 저분과 함께 묶였지만 감
235 사하게도 저분이 이빨로 물어뜯었습니다. 이제 나는 드로미오이며 더 이상 저분과 묶이지 않았습니다.

**에지온** 두 분 다 날 기억하시오?

**에페수스 드로미오** 사실이지요, 지금도 그렇습니다만, 조금 전 우리가 함께 묶일 때부터 당신이 우리 기억에 떠올리는 것은 우리 자신
240 들이었습니다. 선생님, 혹시 핀치 박사의 환자들 중 한 분인가요?

**에지온** 왜 그렇게 이상한 눈으로 바라보시오? 당신은 나를 잘 알아요.

**에페수스 안티폴루스** 평생 당신을 본 적이 없소.

**에지온** 네가 날 마지막으로 본 이후, 아! 슬픔이 나를 변모시켰도다. 시간은 사람을 흉하게 만들고, 시간과 더불어 보낸 많은 슬픈 시간들은 내 이 얼굴에 이상한 선과 주름을 만들었다. 말해 보거라. 내 목소리 기억나느냐? 245

**에페수스 안티폴루스** 아니요.

**에지온** 드로미오, 너는?

**에페수스 드로미오** 아니요, 선생님. 모르겠다니까요. 250

**에지온** 그대들 기억하리라 믿소.

**에페수스 드로미오** 선생님, 확실하게 말씀드리는데, 기억이 없어요. 제 말을 의심할 여지가 없어요.

**에지온** 내 목소리를 모른다고? 아! 무정한 시간이여! 이 7년 동안, 시간이여, 그대는 내 혀를 너무 망가트려 나의 외아들이 더 이상 나의 연약한 슬픔이 할퀴고 간 목소리를 알아듣지 못하게 만들었는가? 그래, 사실이지. 이 나이든 내 얼굴은 눈같이 흰 수염에 가려있고, 내 혈관의 피는 얼어있지. 그러나 나는 아직 기억이 좀 남아 있어, 그리고 내 눈에는 아직 총기가 좀 남아 있어. 나의 무딘, 어두운 귀도 아직 좀 들을 수 있고. 이 모든 것들이 나이든 기능이지만 — 내가 틀리지 않다면 — 당신은 내 아들 안티폴루스이다. 255 230

**에페수스 안티폴루스** 나는 평생 제 아버지를 뵌 적이 없습니다.

**에지온** 우리가 겨우 7년 전에 헤어지지 않았느냐, 시라큐스에서 말이다.

235 아마 내가 지금 죄인이니 부끄러워서 나를 안다고 할 수 없는 것이냐?

**에페수스 안티폴루스** 공작님과 이 도시에서 나를 아는 모든 사람들은 그게 사실이 아님을 확인할 수 있습니다. 저는 평생 시라큐스에 간 적이 없습니다.

240 **공작** 시라큐스 인이여, 내가 말하리다. 나는 20년 동안 안티폴루스를 후원하고 있었고 그동안 그는 시라큐스에 간 적이 없소. 당신이 나이 들어 죽음이 가까워서 헛것을 보고 있는 것 같소.

수녀원장이 시라큐스 안티폴루스와 시라큐스 드로미오와 함께 등장한다.

**수녀원장** 지엄하신 공작님, 여기를 보시죠. 지독하게 학대받은 한 남자

245 를요!

모두가 모여들어 본다.

**아드리아나** 내 눈이 잘못되었거나, 아니면, 어머! 내 남편이 2명이네!

**공작** (안티폴루스 쌍둥이를 본다.) 이 두 명 중 하나는 영혼[19]일 것이야. (드로미오 쌍둥이를 본다.) 그리고 이들 중 하나도 마찬가지일 것이야. 그런

250 데 누가 사람이고 누가 혼령인가? 누구 좀 없소, 가려낼 사람?

**시라큐스 드로미오** 공작님, 저는 드로미오입니다. 이 사람더러 사라지라고 하세요.

**에페수스 드로미오** 공작님, 저는 드로미오입니다. 제발, 제가 남겠습니다.

---

19. genius 영혼, spirit을 뜻함.

**시라큐스 안티폴루스** 당신이 에지온 아니세요? 아니면 혼령이세요?

**시라큐스 드로미오** 아! 우리의 주인님! — 누가 그를 묶었나요? 255

**수녀원장** 누가 그를 묶었든, 내가 그 로프를 풀 것이오. 그리고 그가 풀리면 나는 남편을 얻을 것이외다. 말해보시오, 에지온. 그대는 한때 에밀리아라 부르는 부인이 있었소? 그리고 그 여인이 아름다운 쌍둥이를 잉태한 적이 있소? 아! 그대가 그 에지온이라면, 지금 말하시오, 그리고 그 여인 에밀리아에게 말해보시오! 260

**공작** 아! 이제야 그 상인이 오늘 아침 나에게 한 이야기가 이해되기 시작하는구나. 이 두 안티폴루스라는 두 사람들 너무나 똑같고 그리고 같은 얼굴을 지닌 두 드로미오, 그리고 난파선 이야기, 아! 이 두 사람은 이 어린이들의 부모고 우연히도 다시 만났구 265 나!

**에지온** 꿈이 아니라면, 당신은 에밀리아요. 이게 사실이라면, 그 돛을 타고 함께 떠내려간 우리 아들에게 무슨 일이 일어났었는지 말해주시오.

**수녀원장** 에피담눈 선원들이 나와, 우리 아들과, 드로미오를 구출했어 270 요. 그러나 코린스 출신의 일단의 포악한 어부들이 드로미오와 내 아들을 납치하여 사라졌죠. 무슨 일이 일어났는지 몰라요. 나에게 무슨 일이 일어났는지는 보는 대로고요.

**공작** 안티폴루스, 당신은 원래 코린스에서 왔소?

**시라큐스 안티폴루스** 아닙니다, 공작님. 저는 시라큐스에서 왔습니다. 275

**공작** 잠깐, 서로 옆에 서 있지 마시오. 누가 누군지 모르겠어.

**에페수스 안티폴루스** 전하, 제가 코린스에서 왔습니다.

**에페수스 드로미오** 그리고 저는 그와 함께 왔습니다.

**에페수스 안티폴루스** 전하의 백부 메나폰 공작은 용맹스러운 것으로 유
280 명하신데, 그분이 저를 이곳으로 데리고 왔습니다.

**아드리아나** 당신들 중 누가 오늘 저와 점심을 드셨나요?

**시라큐스 안티폴루스** 제가요, 친절하신 부인.

**아드리아나** 그리고 당신이 저의 남편 맞나요?

**에페수스 안티폴루스** 그가 아니요. 아니라니까.

285 **시라큐스 안티폴루스** 비록 저를 남편이라고 불렀지만, 그건 아니요. 그리고 이 아름다운 여인, 당신의 여동생은 나를 형부라 불렀소. (루시아나에게) 이게 진실이면, 오늘 내가 한 모든 말을 실현할 기회를 갖게 되길 바랍니다.

**안젤로** 선생님, 그 목걸이는 제가 드렸지요?

290 **시라큐스 안티폴루스** 그런 것 같소. 인정하오.

**에페수스 안티폴루스** 선생님, 당신은 그 목걸이 때문에 나를 체포당하게 했지요?

**안젤로** 네. 선생님, 인정합니다.

**아드리아나** 저는 드로미오에게 보석금을 주어 당신에게 보냈는데, 그것을 전하지 못했지요?

295 **에페수스 드로미오** 아니요. 저는 받지 않았어요.

**시라큐스 안티폴루스** 나는 당신이 보낸 돈이 가득 든 이 지갑을 받았소. 내 하인 드로미오가 내게 가져왔소. 우리는 하루 종일 우리 하인들과 만났었네요. 그러나 모든 사람은 내가 그였다고, 그가 나였다고 생각했었네요. 이렇게 실수가 연발했네요.

**에페수스 안티폴루스** 이 돈을 우리 아버님 보석금으로 쓰겠습니다. 300

**공작** 필요 없네. 내가 그를 석방하네.

**술집여주인** 선생님, 저의 다이아 반지를 돌려주세요.

**에페수스 안티폴루스** 자, 여기 있소. 좋은 음식 감사하오.

**수녀원장** 현명하신 공작님, 수도원에 좀 들어오시지요. 우리 지난 세월 이야기를 나누고 싶습니다. 오늘 어려운 일을 겪으신 모든 분 305 들도 참석하시고 오해를 풉시다. 아들들아, 너희들에 대한 소식을 기다리는 것은 두 번 태어난 것과 같다. 이 두 번째 산고는 33년간 지속된 것이야. 그리고 나는 지금 그 고통을 벗어난 것이다. 솔리누스 공작님, 제 남편이시여, 내 두 아들들아, 그리고 같은 날 태어난 두 드로미오야! 이제 새로운 출생을 위해 310 저와 수녀원으로 들어갑시다. 그렇게 오랜 슬픔을 보냈으니, 이제 그만큼 축하를 합시다.

**공작** 진심으로 축복할 일입니다. 들어갑시다.

드로미오 쌍둥이와 안티폴루스 쌍둥이 외에는 모두 퇴장한다.

**시라큐스 드로미오** (에페수스 안티폴루스에게) 주인님, 배에서 우리 짐 내릴까요? 315

**에페수스 안티폴루스** 드로미오, 무슨 물건을 배에 올려두었는데?

**시라큐스 드로미오** 주인님, 센토 여인숙에 두었던 짐요.

**시라큐스 안티폴루스** 잘못 본 거야. 드로미오, 내가 네 주인이다. 같이 안으로 들어가자. 그건 나중에 처리하자. 너의 핏줄을 끌어안고 기쁨을 나눠라. 320

시라큐스 안티폴루스와 에페수스 안티폴루스 퇴장.

**시라큐스 드로미오** 너 주인집에 살찐 여자 친구 있지. 내가 넌 줄 알고 오늘 부엌에서 잘해주었다. 이제 그 여자가 내 형수지 내 부인은 아니야.

**에페수스 드로미오** 너는 내 동생이 아니라, 내 거울이야. 너를 보니 내가 잘 생겼다, 얘. 들어가서 파티에 참석하자. 325

**시라큐스 드로미오** 형님 먼저! 연장자잖아.

**에페수스 드로미오** 거 말 되네. 우리 중 누가 정말 더 빨리 태어났지?

**시라큐스 드로미오** 제비뽑자. 그래, 너 먼저.

**에페수스 드로미오** 아니, 이렇게 하자. 우리는 형제와 형제로 세상에 태어났고 이제 손에 손잡고 안으로 들어간다. 누가 먼저가 아니라 둘이 함께 손잡고! 330

두 사람 퇴장.

# 작품설명

셰익스피어 작품들 중 가장 짧은 희곡에 속하며 초기 작품으로 분류되는 『실수연발의 희극』(*The Comedy of Errors*)은 그동안 그의 다른 작품들보다 많은 관심을 받지는 못했다. 작품의 집필년도는 정확하게 알려지지 않았으나 초연은 1594년 12월 28일에 그레이(Gray)의 주막 크리스마스 레블스(Christmas Revels)에서 공연된 기록이 있어 그쯤으로 추정된다.

셰익스피어의 초기 작품이기 때문에 『실수연발의 희극』에 대한 완성도는 『한여름 밤의 꿈』, 『십이야』, 『베니스의 상인』, 『뜻대로 하세요』와 같은 다른 희극 작품들에 비해서 인물들의 깊이가 없다는 편견이 있을 수 있으나 최근 많은 연출가와 학자들이 이 작품을 재평가 하고 있다. 셰익스피어에게 기대되는 극작가의 거장다운 면모를 이 작품에서 볼 수 있다는 평론이 많이 나오고 있다. 다른 작품들과 마찬가지로 이 작품은 원전을 찾아볼 수 있는데 로마의 극작가 플라우투스(Plautus)가 쓴 『메

나에크무스 형제』(*Menaechmi*)에서 일란성 쌍둥이에 의한 혼란이라는 플롯을 차용하였다. 윌리엄 워너(William Warner)에 의해 플라우투스의 작품이 번역된 1595년 이전에 셰익스피어가 라틴어판을 먼저 접했을 것이라고 추측하고 있다.

셰익스피어는 원전의 기본적인 플롯을 사용했으나 결과적으로 두 작품은 완전히 다르다. 작품에서 셰익스피어는 웃음을 더 자아내려는 목적은 아니지만 세 명의 인물들, 에지온(Egeon), 루시아나(Luciana), 수녀원장을 만들어 등장시키면서 극의 현실감을 더 고조시키고 시대적인 편견과 사회상을 반영시키면서 주인공들의 감정을 대비적으로 나타낸다. 또한 작품의 결말이 에지온과 그의 잃어버린 부인인 수녀원장을 만나게 하면서 바뀌는데 에지온의 부인에 대한 언급은 작품의 초반부나 중반부까지는 없다가 결말에서 다소 갑작스럽게 등장하면서 그동안 에페수스에 살아왔던 고결하고 존경받던 수녀라는 것이 밝혀진다. 이런 설정의 변화는 행복한 결말을 고조시키기 위함이다. 셰익스피어의 작품은 익살극을 넘어서 보편적으로 인간이 느끼는 다양한 감정, 사랑, 미움, 불합리 등을 초기 극에서도 대비적으로, 또는 웃음 속의 함축적 의미로써 표현하고자 했다. 뿐만 아니라 주인공들의 혼란을 통해 정체성에 대한 철학적 접근을 엿볼 수 있다. 이것은 물론 각 인물들의 발전과 전개가 복잡하고 심오한 면을 부여하면서 단순히 쌍둥이들의 닮은 외모에서 비롯되는 정체성의 혼란보다도 본질이라는 측면에서 인간 본유의 모습의 존재에 대해 보다 깊게 사색하게 된다. 이런 점은 후에 셰익스피어의 작품 『로미오와 줄리엣』에서 줄리엣의 말, "이름이라는 것이 뭘까? 우리가 장미라고 부르는 것은 다른 이름으로 불리어도 똑같이 달콤할 텐데"("What's in a name? That which we call a rose/ By any other name would smell as sweet")라는 대사를 떠올리게 만든다. 인간의 본질을 보고 사람을 알아보는 것이 아니라, 우리가 편리를 위해 달아놓은 레이블과 항목으로 분류하고 판단하면서 생기는 문제들과 간과하게 되는 소중한 의미들을 생각하게 한다. 우리가 나와 남을 구별하게 해주는 이름이라는 것이 얼마나 취약한 수단인지, 그 수단을 사람들이 얼마나 쉽게 의심하지 않고 의존하는지를 셰익스피어는 그의 드라마로 표현하고 있다. 『실수연발의 희극』은 단순한 작품이 아니다. 또한 순전히 익살극으로 치부하기에는 그가 살아가면서 그리고 인간이 살아가면서 끊임없이 고민해야 하는 문제를 지적하는 심오한 작품인 것이다.

더구나 셰익스피어의 작품은 우연과 운명이라는, 그가 후에 여러 작품에서 다룰 주제를 『실수연발의 희극』에서도 다룬다. 우연히 빚어낸 비극과 희극이 공존하면서 단순한 웃음을 자아내지 않고 현실에서는 완벽한 희극만 존재하지 않는다는 철학을 보여준다. 그렇기 때문에 셰익스피어는 에지온이 사형을 맞이하게 되는 비극적인 상황을 초반에 배치했는지도 모른다. 에지온의 죽을 운명을 그의 아이러니하면서도 동정을 자아내는 비극적인 삶의 이야기를 듣고 감동하여 솔리누스 공작은 가난한 에지온에게 하루의 시간을 더 주면서 벌금을 낼 기회를 준다. 우연히 말하게 된 자신의 슬픈 과거 이야기는 삶을 연장시키면서 기회를 제공 받게 된다. 우연은 그곳에 형제를 찾아서 떠난 시라큐스의 안티폴루스와 잃어버린 형제를 되찾고 마지막으로 아들들의 어머니이자 에지온의 부인을 만나게 되는 목숨을 되찾는 운명으로 이어지게 된다. 우연으로 생기는 익살스러운 상황들과 장면뿐만 아니라 사회적 부조리를 드러낸다. 초반부터 이점이 명확하게 드러난다. 무고한 상인이 두 지역 간의 정치적인 다툼 때문에 운 없게도 희생양이 되어버리고 그와 공작의 대사를 통해 드러나는 사회문제 등은 단순한 이야기 전개의 원전과는 매우 다른 부분이라고 할 수 있다.

셰익스피어는 이후 작품 『십이야』에서 쌍둥이에 의한 혼란이라는 비슷한 모티브를 사용하지만 『실수연발의 희극』에서는 웃음을 자아내기 위한 방법으로 다르게 사용한다. 더구나 주인과 하인 모두 쌍둥이 형제가 있는 설정으로 플롯이 『십이야』보다 조금 더 복잡하다. 『십이야』에서는 여자인 바올라(Viola)가 남장을 하면서 주변 사람들의 착각과 혼동을 심화시키는 역할을 하고 그런 효과를 일으키기 위해 의도적인 반면, 『실수연발의 희극』에서는 시라큐스 드로미오와 에페수스 드로미오가 자신들의 주인을 혼동하면서 극 전개가 복잡해지고 의도적이지 않다는 데에 웃음을 자아낸다. 초기작인 『실수연발의 희극』은 『십이야』보다는 주인과 하인의 네 명의 쌍둥이가 복잡하게 얽히게 된다는 설정이 비현실적이지만 모든 상황이 교묘하게 들어맞게 하여 서로가 착각할 수밖에 없도록 전개를 풀어나가는 방법과 재치는 셰익스피어만이 할 수 있는 일이 아닐까 생각해 본다.

극을 여는 전형적인 방법으로 셰익스피어는 조연들이 주인공들이 처한 문제의 발단과 상황을 파악할 수 있도록 하는 장치를 사용하는데 그것은 조연들이 등장하여 그들의 이야기를 전달하는 내러티브의 방식이다. 에페수스의 상인들은 시라큐스의 도시에 나타나서는 안 되고 시라큐스의 상인들은 에페수스에 나타나서는 안 된다. 두 지역의 다툼이 앙금이 되어 법적으로 더 이상 왕래가 없도록 하였는데 에지온이 그 지역에서 발견되면서 에지온은 내지 못할 큰 벌금을 내지 않으면 사형을 직면하게 된다. 죽음을 앞둔 에지온 자신이 거기에 출현하게 된 배경과 그가 겪은 슬픈 이야기를 하게 된다. 그가 결혼해서 쌍둥이를 낳게 되고 우연히 같은 날에 가난한 여인이 쌍둥이를 낳아 그들의 아들들의 시중을 위해 가난한 여인의 쌍둥이를 구매하였다. 그들 가족이 배를 타고 항해하던 중 폭풍을 만나게 되어 아버지는 한 쌍둥이를 다른 하녀의 쌍둥이와 자신을 돛대에 묶어 생존할 수 있었고, 부인, 다른 쌍둥이와 하녀의 쌍둥이는 다른 배에 의해 구조되었다. 그 이후로 서로 다시는 볼 수 없었고 자신의 아들 시라큐스의 안티폴루스와 그의 하인이 자신들의 형제를 찾아 나서고 나서 돌아오지 않자 결국 에지온이 찾아 나서면서 에페수스에 출현하게 된 계기가 되었고 공작에게 발견되고 말았던 것이다.

같은 날에 시라큐스의 안티폴루스와 시라큐스의 드로미오가 에페수스에 나타난다. 안티폴루스가 하인에게 그들이 숙박할 센토 여인숙에 가서 돈을 맡기고 기다리고 있으라는 심부름을 시킨다. 그러나 얼마 지나지 않아서 하인의 쌍둥이 형제가 우연히 지나가며 서로 만나게 되고 혼란스러운 상황들이 발생된다. 그가 맡기게 된 돈에 대해 에페수스의 드로미오가 받은 적이 없다고 부인하며 주인의 부인이 빨리 집으로 돌아와 달라는 말을 하고 나서 주인이 분노하게 만들어 결국 폭행을 당하게 된다. 드로미오는 결국 주인집으로 돌아가서 아드리아나에게 주인의 행동을 보고하는데 집으로 돌아오지 않으려는 태도와 그녀를 알지 못하는 듯 한 태도에 대해 설명을 듣자 아드리아나는 남편의 외도에 대한 의심을 시작한다. 이런 의심과 그녀가 느끼는 분노를 그녀의 자매에게 털어놓으면서 극은 더 익살스러워진다.

한편 시라큐스의 드로미오가 주인을 다시 만났을 때 주인이 에페수스의 드로미오로부터 들은 소리인 그의 부인 아드리아나에 대한 얘기를 영문도 모르고 듣고 부인하자 폭행을 당한다. 그러던 중 아드리아나를 만나게 되는데 그녀의 떠나지 말라는 간절한 부탁을 들으면서 귀신에게 홀린 듯 그녀가 원하는 대로 대우를 받기로 한다. 이상하게는 여기지만 내색하지 않고 시라큐스의 안티폴루스와 드로미오는 그녀의 점심 식사에 응하게 된다. 그리고 드로미오는 문을 지키게 되는데 그 집의 진짜 하인 에페수스의 드로미오가 집으로 되돌아왔을 때 문전박대를 당하고 만다. 안티폴루스는 이런 혼란 속에서 아드리아나의 자매인 루시아나와 사랑에 빠지고 만다. 그녀는 그의 관심과 사랑에 대해 싫지 않았지만 부도덕한 여인이 되고 싶지는 않다.

이런 소동은 에페수스의 안티폴루스가 부인을 위해 주문한 목걸이 때문에 더 심해진다. 금 목걸이는 사실 착오로 인해 다른 쌍둥이 형제에게 전달이 되었지만 이것을 알 리가 없는 에페수스의 안티폴루스는 돈의 지불을 거부한다. 그의 거부로 인해 체포당하게 되고 그녀의 부인은 그가 정신이 온전하지 않다고 판단하게 되어 그를 묶어두려고 한다. 시라큐스의 안티폴루스는 에페수스의 사람들 모두가 정상이 아니라고 생각하며 도망을 시도한다. 그들은 아드리아나를 피해 근처의 수도원에 도피

하고 아드리아나는 공작에게 부탁해 수도원에 숨어 있는 시라큐스의 안티폴루스를 강제적으로 나오게 해달라고 청원한다. 한편 그녀의 진짜 남편은 집에서 탈출하여 그의 부인이 있는 곳에 오게 되고 공작에게 그녀의 잘못을 고해바친다. 에지온의 잃어버린 부인 에밀리아가 수녀원장으로서 수도원 밖으로 나오면서 오해가 풀리고 에페수스의 안티폴루스는 아드리아나와 화해를 하고 에지온은 공작에게 죄를 용서받게 된다. 시라큐스의 안티폴루스는 루시아나와 사랑을 시작하고 드로미오 쌍둥이 형제는 그들의 재회를 축하한다.

극의 플롯을 보면 알 수 있듯이 플롯 자체가 세밀하게 잘 구성되어 있어 캐릭터의 깊이가 없어 보일 수 있다. 실제로 조리 있고 일관된 형태로 극의 진행속도가 빠른 특징을 보이며 희곡으로써 아리스토텔레스가 정의하고 있는 희곡의 형식에 부합한다. 아리스토텔레스는 희곡의 주인공들은 중간 또는 하층의 계급이어야 웃음을 자아낼 수 있다고 보았다. 셰익스피어의 극이 순수하게 희극적인 요소만 있는지에 대해서는 많은 비평가들 사이에서 의견이 일치되고 있지는 않다. 그 이유는 공포에 가까운 에지온의 위기 때문이다. 또한 아드리아나와 에페수스의 안티폴루스의 부부간의 위기도 그렇다. 이런 모든 위기들은 극 후반에 에지온의 잃어버린 부인이면서 현재 수녀인 에밀리아와의 재회로 비극이 될 수도 있었던 극의 분위기를 완전히 전환시켰다는 점에서다. 이런 부분은 셰익스피어의 『겨울 이야기』 후반부에 죽은 줄만 알았던 왕비가 살아나 왕과의 재회가 일어나는 것과 같은 맥락이다. 『겨울 이야기』는 로맨스에

속하는 행복한 결말을 가지고 있으나 비극적인 요소가 많이 포함되어있는 작품이다. 해피엔딩으로 마무리하는 과정에서 갑작스러운 인물의 극적 등장이 비극이 될 수도 있는 극 흐름을 돌려놓는 중요한 역할을 한다. 그러나 『실수연발의 희극』은 익살극의 전형을 나타내고 있기 때문에 『겨울 이야기』와는 크게 다르다. 예를 들어 드로미오 형제들이 주인들로부터 받는 폭력적인 대우는 연민보다는 웃음을 더 자아낸다. 물론 극 속에서 여러 가지 상황이 다양한 문제들에 대해 웃음을 유발시킴에도 불구하고 진지하게 생각하게끔 하는 면들이 있다.

특히나 『실수연발의 희극』에서 아드리아나와 루시아나의 캐릭터를 통해 여성에 대한 사회적 인식을 읽을 수 있다. 아드리아나는 자신이 남편에게 무시당하고 있는 느낌을 참을 수 없어 하며 자신의 아름다움이 세월에 의해 시들고 말아서 남편의 사랑을 못 받고 있다고 생각하며 우울해 한다. 남편이 자신보다 더 많은 자유를 갖고 있는 것에 대해 불만을 갖고 있고 밖에서 돌아오지 않고 있는 남편이 더 젊고 아름다운 여성에게 정신이 팔려있는 것으로 오해하며 원망하는 반면 루시아나는 언니의 반응은 단순히 질투에 불과하다고 판단한다. 그녀는 언니의 행동을 이해하지 못하며 자신은 사랑을 시작하기 전에 복종할 줄 아는 여자가 되겠다고 한다. 무엇보다도 여성이 지나친 자유를 갖게 되면 슬픔이 따라오는 법이라고 언니를 타이른다. 하늘 아래에 사는 어떤 것도 한계가 있고 신과 가장 가깝게 다가가 있고 여성들보다도 지적인 남자들에게 충성하는 것은 당연한 것이라고 말한다. 이런 시각 차이는 분명 당시에 존재하는 남성우월주의 시각뿐만 아니라 여성들 스스로 자신들을 보는 시각 차이를 반영한다고 할 수 있다. 두 여성의 시각 차이를 어느 한 쪽을 편들어 셰익스피어가 특별히 비판적으로 묘사하려는 의도는 없어 보인다. 두 여인의 처지나 태도를 재미있는 상황이나 말투를 이용하여 셰익스피어는 희극에 맞는 분위기를 만든다.

『실수연발의 희극』은 초기 극이면서 가장 짧은 작품이지만 잘 만들어진 플롯, 빠른 전개, 인물들의 재치 있는 말투, 동시대에 존재하는 다양한 편견들을 반영시키며 독자 또는 관객의 흥미를 자극한다. 극을 통해 두 형제들이 닮았으면서도 다른 점을 찾아볼 수 있다. 예를 들어 에페수스의 안티폴루스는 쌍둥이 형제와 달리 자신의 삶에 만족하며 살아왔지만 시라큐스의 안티폴루스는 쌍둥이 형제를 찾아다녔었다. 아드리아나와 루시아나 역시 자매이면서도 결혼에 대한 관념에 있어서 차이가 난다. 『실수연발의 희극』은 이런 비교하는 재미가 있다. 모든 일은 하루 동안 일어나고 해결되지만 짧은 시간 동안 익살스러운 상황과 우연이라는 장치의 효과로 인해 비극적인 결말이 될 수도 있던 것이 행복한 결말로 마무리되며 극에 등장했던 여러 가지 형태의 폭력에 대한 독자 또는 관객의 불편한 심리가 해소된다. 이 극을 통해 셰익스피어가 후에 창작하게 되는 드라마에 대한 생각을 엿볼 수 있어 중요한 작품이라고 할 수 있다.

## 셰익스피어 생애 및 작품 연보

셰익스피어의 생애와 작품의 집필연대 중 일부는 비교적 정확히 기록되어 있는 자료에 의존할 수 있지만, 대부분은 막연한 자료와 기록의 부족으로 그 시기를 추정할 수밖에 없으며, 특히 작품 연보의 경우 학자들에 따라 순서나 시기에 차이가 있음을 밝힌다.

| | |
|---|---|
| 1564 | 잉글랜드 중부 소읍 스트랫포드 어폰 에이번Stratford-upon-Avon 출생(4월 23일). 가죽 가공과 장갑 제조업 등 상공업에 종사하면서 마을 유지가 되어 1568년에는 읍장에 해당하는 직high bailiff을 지낸 경력이 있는 존 셰익스피어와, 인근 마을의 부농 출신으로 어느 정도 재산을 상속받은 메리 아든Mary Arden 사이에서 셋째로 출생. 유복한 가정의 아들로 유년시절을 보냄. |
| 1571 | 마을의 문법학교Grammar School에 입학했을 것으로 추정. |
| 1578 | 문법학교를 졸업했을 것으로 추정. 졸업 무렵 부친 존은 세금도 내지 못하고 집을 담보로 40파운드 빚을 냄. |
| 1579 | 부친 존이 아내가 상속받은 소유지와 집을 팔 정도로 가세가 갑자기 어려워짐. |
| 1582 | 18세에 부농 집안의 딸로 8년 연상인 26세의 앤 해서웨이Anne Hathaway와 결혼(11월 27일 결혼 허가 기록). |
| 1583 | 결혼 후 6개월 만에 맏딸 수잔나Susanna 탄생(5월 26일 세례 기록). |
| 1585 | 아들 햄넷Hamnet과 딸 쥬디스Judith(이란성 쌍둥이) 탄생(2월 2일 세례 기록). |

1585～1592 '행방불명 기간'lost years으로 알려진 8년간의 행방에 관한 자료가 거의 없음. 학교 선생, 변호사, 군인, 혹은 선원이 되었을 것으로 다양하게 추측. 대체로 쌍둥이 출생 이후 어떤 시점(1587년)에 식구들을 두고 런던으로 상경하여 극단에 참여, 지방과 런던에서 배우이자 극작가로서 경험을 쌓았을 것으로 추측.

1590～1594 1기(습작기): 주로 사극과 희극 집필.

1590～1591 초기 희극 『베로나의 두 신사』(*The Two Gentlemen of Verona*)
『말괄량이 길들이기』(*The Taming of the Shrew*)

1591 『헨리 6세 2부』(*Henry VI*, Part II)(공저 가능성)
『헨리 6세 3부』(*Henry VI*, Part III)(공저 가능성)

1592 『헨리 6세 1부』(*Henry VI*, Part I)(토머스 내쉬Thomas Nashe와 공저 추정)
『타이터스 앤드러니커스』(*Titus Andronicus*)(조지 필George Peele과 공동 집필/개작 추정)

1592～1593 『리처드 3세』(*Richard III*)

1592～1594 봄까지 흑사병 때문에 런던의 극장들이 폐쇄됨.

1593 「비너스와 아도니스」(*Venus and Adonis*)(시집)

1594 「루크리스의 강간」(*The Rape of Lucrece*)(시집)
두 시집 모두 자신이 직접 인쇄 작업을 담당했던 것으로 추정되며, 사우샘프턴 백작The third Earl of Southampton에게 헌사하는 형식.
챔벌린 극단Lord Chamberlain's Men의 배우 및 극작가, 주주로 활동.

1593～1603 및 이후 『소네트』(*Sonnets*)

| | |
|---|---|
| 1594 | 『실수연발의 희극』(*The Comedy of Errors*) |
| 1594~1595 | 『사랑의 헛수고』(*Love's Labour's Lost*) |
| | |
| 1595~1600 | 2기(성장기): 낭만희극, 희극, 사극, 로마극 등 다양한 장르 집필. |
| 1595~1596 | 『로미오와 줄리엣』(*Romeo and Juliet*) |
| | 『리처드 2세』(*Richard II*) |
| | 『한여름 밤의 꿈』(*A Midsummer Night's Dream*) |
| | 『존 왕』(*King John*) |
| 1596 | 아들 햄넷 사망(11세, 8월 11일 매장). |
| | 부친의 가족 문장 사용 신청을 주도하여 허락됨(10월 20일). |
| 1596~1597 | 『베니스의 상인』(*The Merchant of Venice*) |
| | 『헨리 4세 1부』(*Henry IV,* Part I) |
| | 스트랫포드에 뉴 플레이스 저택Great House of New Place 구입(마을에서 두 번째로 큰 저택으로 런던 생활 후 은퇴해서 죽을 때까지 그곳에 기거). |
| 1598 | 벤 존슨Ben Jonson의 희곡 무대에 출연. |
| 1598~1599 | 『헨리 4세 2부』(*Henry IV,* Part II) |
| | 『헛소동』(*Much Ado About Nothing*) |
| | 『헨리 5세』(*Henry V*) |
| 1599 | 시어터 극장The Theatre에서 공연하던 셰익스피어의 극단이 땅주인의 임대계약 연장을 거부하자 '극장'을 분해하여 템즈강 남쪽 뱅크사이드 구역으로 옮겨 글로브 극장The Globe을 짓고 이곳에서 공연. 지분을 투자하여 극장 공동 경영자가 됨. |
| 1599~1600 | 『줄리어스 시저』(*Julius Caesar*) |
| | 『좋으실 대로』(*As You Like It*) |

| | |
|---|---|
| 1601~1608 | 3기(원숙기): 주로 4대 비극작품이 집필, 공연된 인생의 절정기 |
| 1600~1601 | 『햄릿』(*Hamlet*)<br>『윈저의 즐거운 아낙네들』(*The Merry Wives of Windsor*)<br>『십이야』(*Twelfth Night*) |
| 1601 | 「불사조와 거북」(*The Phoenix and the Turtle*)(시집)<br>아버지 존 사망(9월 8일 장례). |
| 1601~1602 | 『트로일러스와 크레시다』(*Troilus and Cressida*) |
| 1603 | 엘리자베스 여왕 사망(3월 24일). 추밀원이 스코틀랜드의 제임스 6세를 잉글랜드의 제임스 1세로 선포.<br>제임스 1세 런던 도착(5월 7일) 후 셰익스피어 극단 명칭이 챔벌린 경의 극단에서 국왕의 후원을 받는 국왕 극단King's Men으로 격상되는 영예(5월 19일).<br>제임스 1세 즉위(7월 25일). |
| 1603~1604 | 『자에는 자로』(*Measure for Measure*)<br>『오셀로』(*Othello*) |
| 1605 | 『끝이 좋으면 다 좋다』(*All's Well That Ends Well*)<br>『아테네의 타이먼』(*Timon of Athens*)(토머스 미들턴Thomas Middleton과 공동작업) |
| 1605~1606 | 『리어 왕』(*King Lear*) |
| 1606 | 『맥베스』(*Macbeth*)<br>『안토니와 클레오파트라』(*Antony and Cleopatra*) |
| 1607 | 딸 수잔나, 성공적인 내과의사인 존 홀John Hall과 결혼(6월 5일). |
| 1607~1608 | 『페리클레스』(*Pericles*)(조지 윌킨스George Wilkins와 공동작업)<br>『코리올레이너스』(*Coriolanus*) |

| | |
|---|---|
| 1608～1613 | 제4기: 일련의 희비극 집필. |
| 1608 | 셰익스피어 극장이 실내 극장인 블랙프라이어스Blackfriars 극장을 동료배우들과 함께 합자하여 임대함(8월 9일).<br>어머니 메리 사망(9월 9일 장례). |
| 1609 | 셰익스피어 극장이 블랙프라이어스 극장 흡수, 글로브 극장과 함께 두 개의 극장 소유. |
| 1609～1610 | 『심벨린』(*Cymbeline*) |
| 1610～1611 | 『겨울 이야기』(*The Winter's Tale*)<br>『태풍』(*The Tempest*) |
| 1611 | 고향 스트랫포드로 돌아가 은퇴 추정. |
| 1613 | 『헨리 8세』(*Henry VIII*)(존 플레처John Fletcher와 공동작업설)<br>『헨리 8세』 공연 도중 글로브 극장 화재로 전소됨(6월 29일). |
| 1613～1614 | 『두 사촌 귀족』(*The Two Noble Kinsmen*)(존 플레처와 공동작업) |
| 1614～1616 | 말년: 주로 고향 스트랫포드의 뉴 플레이스 저택에서 행복하고 평온한 삶 영위. |
| 1616 | 둘째 딸 쥬디스, 포도주 상인 토마스 퀴니Thomas Quiney와 결혼(2월 10일).<br>쥬디스의 상속분을 퀴니가 장악하지 않도록 유언장 수정(3월 25일).<br>스트랫포드에서 사망(4월 23일. 성 삼위일체 교회 내에 안장). |
| 1623 | 『페리클레스』를 제외한 36편의 극작품들이 글로브 극장 시절 동료 배우 존 헤밍John Heminge과 헨리 콘델Henry Condell이 편집한 전집 초판인 제1이절판으로 출판됨.<br>아내 앤 해서웨이 사망(8월 6일). |

옮긴이 **이보라**
한국외국어대학교 영어과를 졸업하고 뉴욕시립대학교에서 영문학 석사와 로드아일랜드주립대학교에서 영문학 박사 학위를 받았다. 같은 학교 로드아일랜드주립대학교 영문과에서 시간강사를 했으며 지금은 제주대학교 영문과 조교수로 재직 중이다.

## 실수연발의 희극

초판 발행일 2017년 1월 25일

**옮긴이** 이보라
**발행인** 이성모
**발행처** 도서출판 동인
**주 소** 서울시 종로구 혜화로3길 5 118호
**등 록** 제1-1599호
**TEL** (02) 765-7145 / FAX (02) 765-7165
**E-mail** dongin60@chol.com
**ISBN** 978-89-5506-744-6
**정 가** 8,000원